16661

SENTIMENS
DE
CLEANTE
SUR
LES ENTRETIENS
D'ARISTE
ET
D'EUGENE.

Seconde Edition. Reveuë & corrigée.

A PARIS,

Chez PIERRE LE MONNIER, Marchand
Libraire au Palais, à l'Enseigne de S. Loüis & du
feu Divin, vis-à-vis la sainte Chapelle.

M. DC. LXXI,
Avec Privilege du Roy.

Extrait du Privilege du Roy.

PAr grace & Privilege du Roy, en datte du 29. Avril 1671. & signé par le Roy en son Conseil, DALENCE' : Il est permis à Pierre le Monnier Marchand Libraire, de faire imprimer, vendre & debiter un Livre intitulé *Sentimens de Cleante sur les Entretiens d'Ariste & d'Eugene*, pendant le temps & espace de cinq années, à compter du jour qu'il sera achevé d'imprimer : Et deffenses sont faites à toutes sortes de personnes de quelle qualité & condition qu'elles soient, d'imprimer, faire imprimer, vendre ny debiter ledit Livre sans le consentement dudit exposant, ou de ceux qui auront droit de luy, à peine de deux mille livres d'amande, confiscation des exemplaires contrefaits, & de tous dépens, dommages & interests, comme il est plus au long porté par ledit Privilege.

Registré sur le Livre de la Communauté des Imprimeurs & Marchands Libraires, le 6. Aoust 1671. Signé, LOUIS SEVESTRE, *Syndic.*

Achevé d'imprimer pour la premiere fois le sixiéme Aoust 1671.

AVERTISSEMENT.

TOut ce qu'on dira icy de cette seconde
edition des *Sentimens de Cleante*, C'est
que l'on y a cité en marge les lieux des *Entretiens d'Ariste & d'Eugene* , d'où l'on a tiré
les choses qui sont le sujet de ces Sentimens.
On a jugé même que ce n'étoit pas assez
de citer la premiere edition des Entretiens,
sur laquelle seulement les Sentimens de
Cleante ont été faits, mais qu'il falloit enco-
 citer la seconde, parce que l'une étant fort
 rente de l'autre , non seulement pour le
volume , mais aussi pour les choses ; Il arri-
veroit qu'en ne citant que la premiere qui
est tres-rare , on donneroit trop de peine à
justifier par la seconde , les citations dont
il s'agit. D'ailleurs , il y a plusieurs choses
dans la premiere que l'on ne trouvera plus
dans la seconde , parce que l'Auteur a jugé
à propos de les ôter, ayant en cela merité
que l'on dise à son avantage qu'il a été assez
raisonnable pour tomber d'accord de plusieurs fautes ; Et c'est aussi principalement
pour faire connoître sa vertu , & sa bonne
foy que l'on a marqué en marge la difference de la premiere & de la seconde edition
de son livre.

SENTIMENS
DE
CLEANTE
SUR
LES ENTRETIENS
D'ARISTE
ET
D'EUGENE.

PREMIERE LETTRE.

ONSIEUR,

Vous m'écrivez que vous seriez bien-aise de sçavoir ce que c'est que *les Entretiens d'A-*

A

riste & d'Eugene. Il ne sera pas difficile de vous satisfaire. Tout le monde en parle icy ; & je puis sur cela vous apprendre l'avis de beaucoup d'honnêtes gens.

Premierement, l'Auteur est celuy qu'on vous a dit. Il ne se nomme pas tout-à-fait ; mais il ne s'en faut guere ; car il signe B. J. qui sont les premieres lettres de son nom & de sa profession ; & avec cela, ses amis, son libraire, luy-méme, ne font nulle difficulté de l'avoüer.

C'est donc luy asseurément ; & il est vray comme on vous l'a dit, que parmy ceux de sa profession, laquelle est considerable dans l'Eglise & dans l'Etat, il a eu des emplois qui ne se donnent chez eux qu'aux

personnes d'esprit & de conduite.

Pour ce qui est d'Ariste &
d'Eugene, ce ne sont pas des
hommes qui ayent jamais été;
& l'Auteur par consequent ne
prétend point exprimer leurs
pensées ; mais seulement dire
plus agreablement les siennes
sous des noms étrangers.

C'est pour cela qu'il represente ces deux Personnages,
comme deux hommes d'esprit,
qui ont beaucoup de politesse,
qui sçavent les langues, qui con-
noissent les auteurs anciens &
nouveaux, & qui les citent dans
toute la suite de leurs conversations. Ce sont d'ailleurs deux
amis intimes, *Et faits l'un pour* Pag. 237.
l'autre, qui ne se lassent point & 238 de
la 1. edi-
d'être eternellement ensemble, & tion.
Pag. 335.
dont l'amitié vertueuse fait en de la 3.
où l'on

A ij

été ces mots : Nôtre amitié toute vertueuse qu'elle est fait dans nous ce que l'a-mour fait dans les autres.

eux ce que l'amour fait dans les autres. Ainſi, Monſieur, l'honnêteté, l'eſprit, la ſcience & l'amitié jointes enſemble, forment le caractere que l'Auteur leur donne.

Ces deux amis apres une longue ſeparation ſe rencontrent dans une ville maritime. Ils ont une extréme joye de ſe revoir ; ils ſe promettent de s'entretenir tous les jours, & pour cela ils choiſiſſent un endroit commode ſur le bord de la mer. Voila donc le lieu, vous venez de voir les perſonnes, & voicy maintenant les choſes.

Elles ſont diviſées en ſix Entretiens, dont chacun a ſon titre, *la Mer, la Langue Françoiſe, le Secret, le bel Eſprit, le Ie ne ſçay quoy, les Deviſes.*

Mais ce ne font-là que les parties les plus generales, qui font compofées en particulier de plufieurs autres ; car il y a dans cét ouvrage une varieté furprenante de toutes fortes de chofes. Il y en a de politiques, d'hiftoriques, de phyfiques, de morales, de chrétiennes, & quelques-unes auffi de galantes : Comme ce que c'eft „ que la beauté. Que la beauté „ demande une taille avanta-„ geufe. Que la connoiffance „ precede l'amour. Que la froi-„ deur redouble quelquefois l'a-„ mour. Si on peut aimer ve-„ ritablement une perfonne que „ l'on n'a jamais veuë. Que l'a-„ mour apprend à faire des vers. „ Si la Mer eft plus belle quand „ elle eft agitée, que quand „ elle eft calme. Combien nos „

A iij

„ chansons sont differentes de
„ celles des Italiens & des Es-
„ pagnols. Divers carousels
„ faits en France & ailleurs,
& plusieurs choses pareilles
qui sont mêlées de temps en
temps avec de plus serieu-
ses, afin d'égayer un peu la
matiere.

Pour ce qui est maintenant
de ce qu'on en juge icy; vous
pouvez bien penser qu'on en
juge differemment : Et en
effet, il y a sur cét ouvrage
des opinions contraires jusqu'à l'extremité ; mais parmy
les honnêtes-gens qui jugent
des choses par les choses mémes, & sans passion ; c'est un
sentiment assez commun que
le Livre est bien écrit, que
le style en est pur, clair, poli,
doux, & qu'avec cela il y a de

la vivacité & du brillant ; mais
ils n'y trouvent point cette
solidité d'esprit qui y devroit
être, ny cette agreable utilité
qui plaît & qui instruit tout
ensemble. C'est un livre, di-
sent-ils, mais ce n'est que cela:
le bon sens ne s'y trouve pas
toûjours, & l'on voit quelquefois en sa place un certain
amour propre qui se flatte,
qui se vante, qui s'en fait à
croire, qui juge de tout à sa
fantaisie, & qui seroit seul capable de gâter un bon livre.
D'ailleurs, il y a une dispropor-
tion surprenante de ce que
l'Auteur dit avec ce qu'il est ;
car asseurément son livre ne
répond pas autant qu'on l'es-
peroit à l'honneur, & à la
sainteté de sa profession.

Ils ajoûtent, qu'on ne sçait

point qui parle dans ces Entretiens d'Ariste & d'Eugene,
car ce n'eſt ny Eugene ny
Ariste, mais un troisiéme qui
ne ſe nomme point, & qui ne
dit point comment il a ſçeu
des converſations qu'il raporte ſi exactement. Outre cela
les recits y ſont trop longs,
les deſcriptions trop pompeu-
ſes, les comparaiſons trop fre-
quentes & trop parées ; toutes choſes contraires au genie
& à la liberté des converſations
familieres ſans étude, & à qui
l'occaſion ſeule donne des ſujets,
comme l'Auteur l'a dit de celles de ſon Ariste & de ſon Eugene.

Pag. 155 de la 1. edition. P. 213. de la 2.

Ainſi, Monſieur, tout ce
qu'on reprend dans ce Livre
ſe reduit, comme vous voyez,
à de certains manquemens de

reflexion, dans lesquels on ne tomberoit jamais pour peu qu'on voulût se donner la peine d'y penser. Je n'ay qu'à vous les marquer en particulier, & commencer par le premier entretien, pour continuer de même sur tous les autres.

Imaginez-vous donc, Monsieur, qu'Ariste & Eugene sont déja arrivez au bord de la mer, qui est le lieu de leurs entretiens. Je ne sçay point par quel chemin, car l'Auteur ne le dit pas; mais enfin, ils y sont presentement *pour joüir l'un de l'autre;* c'est à dire pour joüir de l'entretien l'un de l'autre. Voyons donc comment cét entretien commence.

Eugene, dit l'Auteur, *s'attacha d'abord à regarder attentivement la mer, puis tout d'un coup*

Pag. 1. de la 1. edition. Ces mots sont retranchez dans la 2. edit.

Pag. 2. de la 1. edition. Page 1. de la 2. edition.

se tournant vers son cher Ami, *n'est-ce pas là*, luy dit-il, *un admirable spectacle ?* Mais plûtôt, Monsieur, n'est-ce pas un admirable début ? Et qui n'en seroit point surpris ? On vient de voir dans deux amis une ardeur si grande, qu'on ne croyoit pas que toute l'eau de la mer pût jamais l'éteindre ; & cependant à peine sont-ils arrivez au bord de la mer, que les voila plus froids que la mer méme.

Eugene resve, & Ariste qui le voit resver, luy dit quelque temps apres: *Ie trouve cette petite* *resverie où vous vous étes laissé* *aller d'abord la plus raisonnable du* *monde.* Et moy, Monsieur, je ne vois pas une personne d'esprit qui ne la trouve une des moins raisonnables du monde.

Pag. 3. de la 1. edition. Page 3. de la 2.

N'eſt-t'il pas bien temps de reſver aux ondes & aux vagues ? Eſt-ce pour cela que leur ardente amitié a choiſi un lieu ſolitaire ? Et y a-t'il quelque endroit ſur la terre où il ne ſoit pas permis de parler de la mer?

Rare & divertiſſante avanture ! Deux chers amis ſe rencontrent heureuſement dans un païs étranger ; Ils ſe promettent de ſe voir tous les jours, ils choiſiſſent pour cela un lieu commode : & cependant à la premiere converſation ils ne ſçavent que dire; Ils révent déja, & je penſe qu'ils bâilleront bien-tôt, en ſe demandant quelle heure eſt-il?

Il étoit cependant bien-aiſé de donner à cela un autre tour; car l'Auteur apres avoir fait rencontrer ces deux amis, pou-

voit les loger dans le méme
hôtel, ou du moins dans un
méme quartier, afin qu'ils al-
laſſent enſemble au bord de la
mer, puiſque c'étoit là où il les
vouloit mener : mais au lieu de
prendre cette voye ſi facile, il
les tranſporte inviſiblement, &
ſans qu'on ſçache comment cela ſe fait : de ſorte que lors
qu'on les voit tout d'un coup
parêtre au bord de la mer ; on
diroit qu'ils ſont ſortis de la
terre, ou tombez des nuës.

D'ailleurs, on s'étonne qu'A-
riſte & Eugene commencent ſi
bruſquement leur entretien ;
vous diriez qu'ils ſe jettent dans
la mer la tête la premiere : &
aſſeurément l'Auteur devoit
un peu mieux preparer les choſes. Il devoit dire au moins en
general que ces deux amis s'é-

tant particulierement entrete-
nus de ce qui les touchoit le
plus, vinrent infenfiblement à
parler de la mer, ou à l'occa-
fion de quelque voyage, ou
à-propos de quelqu'autre chofe; & alors il auroit pû commencer fon entretien, & y
faire entrer s'il eût voulu la
mer & les poiffons : mais de la
façon qu'il s'y eft pris, il a fait
l'un des plus méchans com-
mencemens qu'il pouvoit faire; & ce n'eft pas un fort bon
prefage pour la fuite.

Auffi, Monfieur, il y a dans
cét entretien de la mer une
multitude de bagatelles, qui
font comme des coquilles; &
parmy cela de certaines fauffes
penfées qu'on appelle affez
plaifamment des monftres ma-
rins.

Vous verrez de tout cela dans la suite ; & premierement la curieuse question , de sçavoir

si la Mer est plus belle quand elle est agitée, que quand elle est tranquille. Ariste tient pour le calme, & Eugene pour la tempeste. *Dans le calme ,* dit Ariste,

il n'y a rien qui ne plaise , tout y est doux , tout y est beau. C'est une douceur bien fade, repliqua Eugene, que ce calme qui vous plaît tant; & la beauté de la mer en cét état-là ressemble tout au plus à ces personnes qui n'ont ny vivacité ny esprit. Ie ne comprens pas , dit Ariste en soûriant, qu'un emportement de colere puisse donner de la grace. Ie pourrois vous répondre , repartit Eugene , qu'il y a des personnes à qui un peu d'emportement ne sied pas mal, &c.

Je voudrois bien sçavoir,

Monſieur, ce que vous direz d'une queſtion ſi jolie, & d'une comparaiſon ſi galante; car je connois des ſcrupuleux qui n'en ſont gueres édifiez; & qui diſent bien ſerieuſement, que cela ne ſied pas à l'Auteur. Neanmoins il ne laiſſe pas de continuer pendant deux grandes pages, & Eugene ſoûtient toûjours, *Qu'il n'y a rien qui* Page 6. de la 1. edition. *touche, & qui divertiſſe méme* *davantage, que de voir un navire* Page 8. de la 2. *ſervir de joüet aux vents & aux* *vagues.* Cruel divertiſſement! me diſoient ces perſonnes dont je viens de vous parler. Prendre du plaiſir de voir un vaiſſeau dans l'orage, & tant de monde en danger de perir! Mais point du tout, leur dis-je, ce n'eſt pas cela; & l'Auteur entend qu'il n'y ait perſonne dans le vaiſſeau. Vous étes bien obligeant, m'ont-ils répondu : Mais un vaiſſeau n'eſt point en mer ſans qu'il y ait quelqu'un dedans ; & auſſi l'Auteur ne parle-t'il pas d'un vaiſſeau vuide. C'eſt donc qu'il n'y a pas penſé, dis-je encore ; & la choſe n'alla pas plus avant.

Mais voicy un endroit de la page 8. où Ariſte parlant des avantages de la navigation, & loüant l'Auteur de cét Art; Eugene luy répond : *Pour moy, je ne trouve pas fort bon que cét homme ait appris aux autres à ſe briſer contre des rochers, & à mourir ſans ſepulture.*

On ne trouve pas qu'il y ait de la juſteſſe d'eſprit dans tout cela ; car premierement l'on ne peut pas dire que celuy qui a montré aux hommes l'Art de

i. edi-
tion.

Page 8.
de la 1.
edition.
Page 10.
de la 2.

de naviger, leur ait apris à se briser contre des rochers : au contraire, il leur a enseigné à éviter les écueils, & à se deffendre contre les orages ; Ce qui est l'une des principales fins de la navigation. C'est donc comme si l'on disoit, que celuy qui a montré aux hommes l'art de bâtir, leur a aussi appris à tomber de dessus les toits des maisons, parce que cela arrive quelquefois.

D'ailleurs, l'Auteur des Entretiens a pris tout-à-fait le contresens ; car au lieu qu'il dit que sur la mer on meurt sans sepulture, il devoit dire au contraire qu'on y est enseveli avant que de mourir ; & cette expression qui est vraye, & qui marque un étrange & cruel genre de mort, eût bien plus

B

fortement representé les hor-
reurs & les perils de la mer
qu'il vouloit décrire.

Apres cela Ariste & Eugene
se réjoüissent de ce qu'ils sont
éloignez de ces dangers, &

Page 9.
de la 1.
edition.
Page 4.
de la 2.
*qu'apparemment leur interest par-
ticulier ne leur fera jamais faire
des vœux pour les navires qui
viennent des Indes.* De cela,
Monsieur, je n'en sçay rien, &
je m'en rapporte à ceux qui le
sçavent mieux que moy.

Ensuite, ces deux Amis
s'amusent à ramasser des coquilles, non pas comme fe-

Page 9.
de la 1.
edition.
Page 11.
de la 2.
roient deux petits enfans; mais,
dit l'Auteur, comme ont fait
autrefois deux grands hommes
Scipion & *Lelius*; & c'est appa-
ramment pour cela qu'on nous
les vend si cher.

Apres avoir ramassé des coquilles, ils se mettent à conter des fables ; *Ne sçavez-vous pas,* dit Eugene, *ce qu'on dit d'Aristote, ce Genie de la Nature, que n'ayant pu comprendre le flux & reflux de la mer, apres une meditation profonde, il se precipita dans l'Euripe ?* Si cela est, il faut avoüer que ce grand Philosophe a choisi un grand tombeau: mais je m'étonne que l'Auteur qui sçait les belles lettres, ait pris cette fable pour une verité, & qu'il ait crû si legerement que *le Genie de la nature,* avoit tout-à-fait perdu l'esprit.

Page 11. de la 1. edition. Page 13. de la 2.

Il ajoûte à cela l'histoire du flux & reflux, traduite, comme je croy, de quelques cahiers de philosophie où ces choses ne manquent jamais d'étre dictées. Il rapporte les diverses opinions des Philoso-

B ij

phes ; jufqu'à celle qui dit
que ce flux & reflux eft la
refpiration de la mer , comme fi la mer étoit un grand
animal.

Il faut avoüer que cette opinion eft extrémément ridicule, & que l'Auteur a raifon d'en
rire ; mais il y a des gens ferieux qui ne trouvent pas bon
qu'il en rie fi long-temps , &
qui pretendent qu'il ne devoit
dire qu'un mot en paffant d'une
chofe qui ne pouvant tromper
perfonne , n'a pas befoin d'être
refutée. Neanmoins il s'y ar-
réte plus qu'à toutes celles
qui ont de la vray-femblance,
& il perd trois pages entieres à confiderer ce pretendu
animal. *De toutes les bêtes de
charge*, dit-il, *c'eft la plus forte,
& de toutes les bêtes farouches,*

c'est la plus affamée & la plus fu- Page 18.
de la 1.
edition.
rieuse. Il la prend ensuite de Page 24.
de la 2.
tous les côtez, & par la teste,
& par la queuë, & par les
oreilles ; & tout cela avec de
certaines railleries froides, plus
propres à donner du dégoût
que du plaisir.

Mais ce qui en recompense
est assez plaisant, c'est de
le voir qui donne sans y penser
un rôle pour un autre à son
premier personnage Ariste.
Car vous remarquerez, s'il
vous plaît, que c'est principalement Ariste qui est le bel Esprit ; c'est luy qui dit la plûpart
de l'italien, de l'espagnol, du
latin, & generalement tout
le grec qu'il y a dans le livre.
Il cite les Historiens, les Ora-
teurs, les Philosophes, les
Saints Peres, toutes sortes

d'Auteurs chacun en fa langue ; & cependant au milieu
de tout cela , l'Auteur ne fe
reffouvenant plus des chofes
qui l'environnent , fait changer le ftyle à ce Perfonnage ;
luy ôte fon caractere , & de
fçavant qu'il étoit dans les lettres , le rend en un moment un
homme fans lettres , qui eft
contraint d'avoüer qu'il n'a
jamais rien fçû , rien lû , rien
oüi dire des plus communes
opinions du flux & reflux ; qui
font des chofes qu'on ne fçauroit ignorer quand on a fait
feulement fon cours de philofophie.

C'eft cela , Monfieur , qui
eft affez divertiffant, de voir un
Auteur qui s'embaraffe de luy-
méme , & qui tombe dans des
contrarietez , fans qu'il puiffe

dire que perſonne l'y pouſſe, ny qu'il ne fût pas tres-facile de les éviter. Car puiſqu'il avoit tant d'envie de raporter les diverſes opinions des Philoſophes ſur le flux & reflux de la mer; il n'avoit qu'à faire paroître que ces deux amis ne les ignoroient pas; & que s'étonnant l'un & l'autre que des hommes eſtimez ſages euſſent eu des penſées ſi contraires ſur un méme ſujet; chacun raportoit dans la converſation celles dont il ſe ſouvenoit. Ainſi l'on eût veu toutes ces opinions, & il n'eût point falu pour cela changer le caractere d'Ariſte, ny le traveſtir ſi mal à propos. Outre que cette maniere eût été plus civile, & plus propre pour un entretien d'amis; au lieu que ſelon celle

dé l'Auteur, il femble qu'A-
rifte foit un écolier qui écoute,
& Eugene un regent qui parle, & qui luy fait une longue
leçon de quatorze ou quinze
pages, au bout defquelles il
conclud qu'il ne connoît nullement la caufe du flux & reflux
de la mer.

Il y a, Monfieur, beaucoup
d'honnêtes-gens, & de gens
d'efprit qui concluroient de
méme forte, & qui n'en fçavent
pas davantage fur ce chapitre.
Ce n'eft pas auffi ce qu'on y
trouve à reprendre ; mais on
dit que cét endroit eft contraire à un autre: Car Eugene con-
feffe icy qu'il ne connoift point
la caufe du flux & reflux de la
mer ; Il appelle cela *un myftere
de la nature ;* & il foûtient, que
la fageffe ne confifte point à en
avoir

Page 25.
de la 1.
edition.
Page 29.
de la 2.

avoir *l'intelligence : mais à fça-*
voir que les plus intelligens ne
fontpas capables de le comprendre.
Arifte qui l'écoute y confent de
bonne foy, & ne fait point alors
d'autre compliment. Mais
quand ils font dans l'entretien
des Devifes à plus de trois cens
pages delà. *Croyez-moy, mon cher* pag. 335. de la 1. edition. pag. 445. de la 2.
Eugene, dit-il, *apres avoir penetré*
comme vous avez fait dans les fe-
crets de la Nature, il n'eft rien dont
vous ne foyez capable. On pretend que c'eft là une contradiction ; parce qu'Arifte étoit
tombé d'accord qu'Eugene
n'avoit point penetré dans les
fecrets de la nature ; mais tout
au plus dans l'hiftoire des opinions des Philofophes.

Delà , nôtre Auteur fe
jette dans les comparaifons, &
il a bien de la peine d'en for-

C

page 24. de la 1. edition.
page 30. de la 2.

tir. *On peut*, dit-il, *admirer Dieu dans la mer comme dans sa parfaite Image :* Mais en un mot, il n'y a point de creature qui soit la parfaite image de Dieu ; & quand il ajoûte que *la mer represente non seulement la grandeur de Dieu & son immensité, mais encore sa misericorde ;* on ne sçait pas de quelle sorte il l'entend ; car assurément on n'a pas accoûtumé de dire que la mer soit misericordieuse, elle qui ne distingue point l'innocent d'avec le coupable, & qui engloûtit tout sans misericorde. Il change apres cela en un moment, & va d'une extremité à l'autre, en disant que la mer qui

pag. 24. de la 1. edition
pag. 3. de la 2.

est *l'Image de Dieu,* est aussi *l'Image du monde ;* c'est à dire de tout le bien & de tout le mal. Ce qui étonne d'autant plus, qu'il ne met pas feulement la diftance d'une ligne entre ces deux comparaifons ; en forte que la fin de l'une eft le commencement de l'autre. Ce n'eft pas que la mer n'ait *deux faces*, comme il dit; mais puifqu'il avoit deffein d'en faire une, comparaifon avec Dieu, il devoit ne montrer que la face qui eft admirable, & cacher l'autre, pour la découvrir s'il vouloit dans un autre temps. Mais que faire à cela ? l'Auteur des Entretiens avoit parmy des collections ces deux comparaifons, qui font deux lieux communs ; & peut-étre n'en cherchoit-il qu'une lors que les ayant rencontrées toutes deux enfemble, il n'a pas voulu les feparer.

Apres cela il tourne du côté de la Morale. *Vn Pere Grec a*

C ij

Pag. 21. de la 1. edition. Pag. 34. de la 2. *dit, ce me semble (ce sont ses paroles) que quelque furieuse que soit la mer, en approchant de ses bords elle y voit écrit un ordre de Dieu, qui luy deffend de passer outre; & qu'alors elle se retire par respect, en courbant ses flots comme pour adorer le Seigneur qui luy a marqué des bornes.* Il faut avoüer que cette pensée est fort morale, & qu'il n'y auroit rien à redire dans le Livre s'il étoit par tout de méme.

Pag. 27. de la 1. edition. Page 35. de la 2. *Cét ordre écrit de la main de Dieu,* poursuit-il, *me fait ressouvenir d'une jolie avanture :* cecy commence déja à n'étre plus de méme style; voyons l'avanture. *Vne Dame Espagnole se promenant un jour au bord de la mer, écrivit avec son doigt ces mots sur le sable,*

ANTES MUERTA QUE MUDADA

Certe on n'a garde de s'y tromper apres cela, & l'on voit bien
que ces mots Espagnols ne font
pas du Pere Grec. Le sens méme le marque encore plus clairement que les mots ; car cela
signifie une femme amoureuse
qui écrivoit pour flatter son
Amant.

Plûtôt mourir que changer.

Cette pensée est sans doute
bien éloignée de la precedente autant que le ciel l'est de la
terre , & je suis assez surpris
de voir l'Auteur descendre de
si haut en un moment : mais je
connois des gens que cela étonne encore plus que moy ; & j'é-
tois ces jours passez avec un de
ces Messieurs de Sorbone , qui
me disoit qu'apparemment
l'Auteur a peu lû S. Paul, quoy
qu'il fasse fort le Theologien :
car au lieu que cét Apôtre nous

préche qu'on doit s'élever par les choses visibles & humaines, jusqu'à celles qui sont invisibles & divines: l'Auteur au contraire, nous montre à descendre des choses divines & spirituelles, jusques à celles , qui comme vous voyez, ne sont ny spirituelles ny divines. C'est ce qui fait, adjoûta-t-il , qu'encore qu'il y ait quelques moralités dans son livre , il n'y a pourtant point de morale; parce qu'on n'y trouve point un esprit assez ferme ny assez constant dans les principes de la vertu.

Le reste de l'entretien ne contient que des bagatelles , des contes , des fables , & des noms de toutes les raretez vrayes ou fausses, que l'on dit étre dans la mer. *Il y a* dit-il , *des etoilles marines , qui sont non seulement vivantes, mais si chaudes de leur na-*

ture , qu'elles confument tout ce Page 10.
de la 1.
edition.
Page 39.
de la 2.
qu'elles touchent.

Il y a de plus , *des oyfeaux ma-*
rins de toutes les façons ; jufqu'à
des Aigles & des Phœnix. Il y a mé-
me des Sirenes qui apprennent à
filer; Aquoy il ajoûte les perles,
le coral , l'ambre-gris & tous
les trefors de la mer.

C'eft par-là qu'il finit fon difcours; & en verité on a quelque
fujet de dire que les perles & les
raifonnemens y font à peu près
de méme nature ; l'on n'en de-
vient ny plus riche ny plus raifonnable ; & tout cela n'eft
qu'un amas de paroles inutiles,
qui valent moins que le filence.
Ce dernier mot, Monfieur, m'a-
vertit qu'il eft temps de finir, &
que c'eft affez , & peut-être
trop vous écrire de fi petites
chofes. Je fuis , &c.

C iiij

SECONDE LETTRE.

MONSIEUR,

Voicy le second Entretien qui eſt de *la Langue Françoiſe*. l'Auteur s'y propoſe principalement de faire voir les avantages de nôtre langue, & de juger des ouvrages qui s'y écrivent.

Sur cela j'ay vû beaucoup d'honnêtes-gens, qui diſent que dans les deux parties de l'Entretien il y a de bonnes choſes ; que tout le ſtyle en general eſt pur & correct; que l'éloge & l'hiſtoire qu'il fait de la langue françoiſe ſont juſtes & veritables ; mais ils ajoûtent qu'il devoit au moins nommer

les deux Auteurs chez qui il les
a pris presque mot à mot ; qu'il
devoit dire son sentiment avec
plus de précaution & de retenuë qu'il devoit prendre garde à ne point faire parêtre
tant d'affectation, tant de comparaisons, tant de contrarietez,
tant de bonne opinion de soy-
mème.

Et en effet, Monsieur, pour
commencer par les comparaisons, il y en a tant dans cét Entretien, que jamais on n'en vit
davantage. C'est une pepinie-
re de comparaisons, & je ne
croy pas qu'il y en ait moins
de quarante. Elles y sont en-
tassées l'une sur l'autre ; on en
trouve quelquefois trois ou
quatre dans une seule page : &
asseurément si le discours étoit
aussi plein de raisons que de

comparaiſons , il faudroit
avoüer qu'il n'y en eut jamais
un plus raiſonnable. Les langues y ſont comparées à tous
les arts & à tous les artiſans,
cinq fois aux rivieres, & je penſe plus de dix fois aux femmes
& aux filles.

Je ne ſçay , Monſieur, ſi l'Auteur qui fait tant de comparaiſons, n'a point penſé à ce qu'on
dit ordinairement , que toutes
les comparaiſons ſont odieuſes,
ou ſi c'eſt parce qu'il y a penſé,
qu'il les prend la plûpart de la
beauté & des parures des femmes. Quoy qu'il en ſoit , tant
de comparaiſons font peu
d'honneur à un diſcours ; car
ſouvent ce grand nombre d'i-
mages étrangeres eſt une preuve qu'on manque des veritables
idées des choſes , & que l'eſprit

n'ayant pas affez de force pour regarder les objets dans eux-mémes, & dans leurs principes naturels ; il eft obligé de les confiderer par reflexion dans ces figures indirectes qui font les comparaifons.

D'ailleurs, fi les comparaifons ne font rares, elles bleffent & importunent ; car comme elles viennent toûjours pour éclaircir des chofes qui font dés-ja prouvées, chacun eft bien-aife que l'on croye de luy qu'il a bien compris les premieres preuves, & qu'il n'a pas befoin qu'on luy faffe fi fouvent des comparaifons, qui en effet font plus pour les enfans &pour le peuple que pour les perfonnes d'efprit. Tant de comparaifons que l'on voudra, dans les chaires des Predicateurs, & des

Regens, où l'on parle de haut en bas ; mais on doit en user tres-peu dans les conversations familieres , où personne ne prend le tître de maître , & encore moins dans celle d'Ariste & d'Eugene, qui sont , comme on voit ; aussi sçavans l'un que l'autre.

Cependant, ce n'est partout que comparaisons , comme je vous ay dit ; non pas de celles qui entrent d'elles-mémes dans le discours , & qui y sont sans presque y parétre; mais de ces autres qui sont toûjours precedées par de certains mots qui avertissent qu'elles vont venir: Et apres cela quand elles paroissent, vous les voyez parées, & fardées , ayant un grand train de paroles nombreuses, qui est de tous les styles

le plus contraire à celuy que
l'on parle dans la converſation.

Car comme l'eſprit de converſation doit payer contant
(ſi l'on peut s'exprimer de la
ſorte) comme il doit penſer &
dire les choſes en méme temps,
on voit bien qu'il n'a pas le loi-
ſir de leur donner cette meſure,
ſur laquelle il faut pluſieurs fois
conſulter l'oreille. Tout ce qu'il
fait dans ces occaſions preſſan-
tes, c'eſt qu'il ne dit rien qui
ne ſoit de bon ſens, il donne
méme, à ce qu'il dit, un tour
agreable; il y meſle quelquefois
de cette raillerie fine, qui ne
dépend que d'une certaine maniere naturelle de concevoir
les choſes; il y montre beaucoup de ce feu vif & penetrant
qui ſe fait quand un eſprit eſt
échauffé par un autre eſprit;

mais on n'a jamais vû qu'on
ait composé en converſation,
de ces froides & longues comparaiſons , qui avec un grand
nombre de mots font une ca-
dence plus que poëtique.

Auſſi , Monſieur , quoyque
l'Auteur repete ſouvent que
les ſiennes ont été faites au
bord de la mer , le monde
n'en croit rien , & on dit
que ſi cela eſt , il faut qu'il ait
eu un cabinet bien prés de-là ;
ou du moins qu'il y ait porté de
l'encre & du papier ; car on ne
voit point dans ſes entretiens
ce qu'une heureuſe nature peut
faire ſans art , ny ce qu'un art
adroit peut imiter de la nature:
Et ce n'eſt (dit-on) ny la nature , ny l'art , mais un je ne ſçay
quel artifice ; qui gâte l'un &
l'autre , & qui eſt le vray caractere d'un jeune declamateur.

Il dit les choses d'un ton de maître, & qui étonne. Il ne parle pas dans ses conversations; Il y harangue, il y prêche: *Pour vous exprimer*, dit-il, *par des comparaisons sensibles ce que je pense. Pour entendre ma pensée, il faut remonter à la source des choses dont nous parlons. Ie m'explique, & je vous prie de m'entendre;* Voila toutes les preparations que feroit un Predicateur, qui voudroit expliquer les plus grands Mysteres de la Religion, & tout cela se termine à dire, que la langue françoise est naturelle dans sa construction, ou d'autres choses semblables, que l'usage enseigne à tout le monde, & qu'un ecolier de quinze ans ne peut pas ignorer. C'est neanmoins pour cela, qu'il demande une fi grande attention ; c'eſt pour cela qu'il avertit qu'il va s'expliquer , qu'on y prenne garde, qu'on l'écoute, qu'on le penetre , qu'on le comprenne; comme s'il alloit prononcer des oracles. En verité cette grande opinion des plus petites choſes ne plaît point aux perſonnes judicieuſes, & toutes ces façons de parler ne ſont gueres propres dans la converſation.

Cela neanmoins, ne nous doit pas empécher de luy rendre juſtice avec joye , & de reconnétre qu'il a raiſon de dire tout ce qu'il dit à l'avantage de la langue Françoiſe.

Pour moy je ne fais point icy de comparaiſon entre les langues differentes ; mais quand on aura bien parlé & des vivantes & des mortes, je penſe qu'après
pres

qu'aprestout il faudra conclure comme je fais d'abord: que s'il nous est honneste & utile de sçavoir les langues étrangeres, il nous l'est encore bien davantage de sçavoir la nôtre. Et en effet qu'est-ce qu'un homme qui ne sçait pas sa langue naturelle qu'on luy parle à tous momens, & qui en sçait deux ou trois autres qu'on ne parle plus & qui sont mortes ? N'a-t'on pas raison de dire qu'il est étranger dans son païs, & que c'est un homme de l'autre monde?

Qu'on louë donc tant qu'on voudra la langue Latine & la langue Greque ; mais aussi qu'on imite les Grecs , & les Latins : & comme ils ont preferé leurs langues à toutes les autres, & que par l'amour &

D

l'eftime qu'ils ont eu pour elles,
ils les ont renduës fi belles & fi
dignes de loüer leurs Heros :
aimons de méme & eftimons
nôtre langue , afin que par ce
moyen nous luy confervions
tous fes avantages en les luy
augmentant, & que nous ayions
des Homeres & des Virgiles,
puifque par un bonheur plus
grand que celuy des Grecs &
des Latins, nous avons en méme temps dans la perfonne du
Roy, un Achile & un Augufte.

L'Auteur des Entretiens eft
donc tres-loüable de faire va-
loir nôtre langue autant qu'il
peut ; de publier tout ce qui
fert à la rendre illuftre ; & de
dire qu'on parle François dans
toutes les cours de l'Europe.
Cela eft vray : on le parle en
Allemagne , en Suede , en

Dannemarch , dans tous les païs du Nort ; de sorte qu'il n'est pas étrange qu'on le parle aussi en Flandre, où il est si en usage comme il dit, *que les per-* Page 19. de la 1. edition. Pag. 55. de la 2. *sonnes de qualité en font une étu-* *de particuliere , jusqu'à negliger* *tout à fait leur langue naturelle,* *& à se faire honneur de ne l'a-* *voir jamais apprise ; & que le* *peuple méme , tout peuple qu'il est,* *est en cela du goût des honnêtes* *gens.* Je m'étonne seulement que l'Auteur n'ait appris que depuis peu, une verité de plu-sieurs siecles ; & qu'il n'en sçeût encore rien , lorsque le nou-veau Testament en françois, fut imprimé à Mons , il y a deux ou trois ans , car alors nôtre Auteur soûtenoit po-sitivement qu'on ne parloit point françois en Flandre ;

D ij

Mais enfin, il eſt deſabusé, &
il écrit aujourd'huy que *le peu-*
ple y apprend nôtre langue preſ-
qu'auſsitôt que la ſienne, comme
par un inſtinct qui l'avertit mal-
gré luy qu'il doit un jour obeïr au
Roy comme à ſon legitime Maître.
Voila donc qui va le mieux du
monde, hors *ce malgré luy*, que
je ne voudrois pas mettre, &
qui ne ſert de rien dans cét
endroit.

Page 38.
de la 1.
edition.
Page 56.
de la 2.

   Mais non ſeulement l'Auteur des Entretiens, loüe nôtre
langue pour ſon étenduë, il la
loüe encore pour ſa durée, eſ-
perant qu'elle ne finira qu'a-
vec le monde, & prenant pour
les heureux preſages de ce qu'il
dit, l'amour que les peuples
étrangers ont pour elle ; la pureté qu' elle conſerve parmy
tant de nations differentes

qui abordent dans la capitale
du Royaume ; l'état si ferme
& si floriffant de la Monarchie.
Toutes ces raifons font affez
convenables au fujet : mais
quelques perfonnes plus ferieu-
fes que les autres ne trouvent
pas fort à-propos qu'il y ait mélé que *l'étoille de nôtre grand Mo-*
narque, promet ce bonheur à la
France. Cela, difent-ils, eft un
peu trop Aftrologue, & la Religion Chrétienne ne reconnoît
point cette puiffance dans les
etoilles, mais feulement dans
la Providence divine qui les
conduit. Il auroit pû dire au
contraire, que la fageffe du Roy
domine les aftres, & je croy
pour moy que toute l'Europe
le dit, après l'avoir vû vaincre
dans les extrémes chaleurs, &
dans les extrémes froidures,

qui font fans doute les plus
puiffantes influences des aftres, & les plus grands obfta-
cles qu'ils puiffent faire aux
hommes.

Mais il eft temps de vous
dire les obfervations particulieres, que l'Auteur a faites fur
nôtre langue. Elles font belles,
curieufes, juftes, raifonnables,
& il n'y a rien à dire, finon qu'il
n'a pas nommé les deux ouvrages où il les a prifes, qui font
le feptiéme livre des Recherches
de Pafquier, & les Avantages de
la langue Françoife fur la Lati-
ne, de Monfieur le Laboureur.
J'ay fait des extraits de quelques endroits de ces deux ouvrages, pour vous montrer
combien nôtre Auteur a de
commerce & d'intelligence
avec les autres ; car à moins

que de le voir , je ne croy pas
qu'il foit poffible de fe l'imaginer.

Voicy le premier endroit de
l'Auteur des Entretiens. Le »
langage , dit-il, fuit d'ordinaire »
la difpofition des efprits , & »
chaque nation a toûjours parlé »
felon fon genie. Le langage »
des Efpagnols, fe fent fort de »
leur gravité , & de cét air fu- »
perbe qui eft commun à toute »
la nation : les Allemans ont »
une langue rude & groffiere ; »
les Italiens en ont une molle »
& effeminée, felon le tempe- »
ramment & les mœurs de leur »
païs , Il faut donc que les Fran- »
çois qui font naturellement »
brufques , & qui ont beaucoup »
de vivacité & de feu , ayent un »
langage court & animé , qui »
n'ait rien de languiffant.   »

Page 61. de la 1. editi.
Page 87. de la 2.

Voyons maintenant ce que Pafquier a écrit fur le méme fujet.

» Nos langages, dit-il, fuivent
» la difpofition de nôtre efprit.
» L'Efpagnol haut à la main,
» produit un vulgaire fuperbe &
» plein de piaphe. L'Allemand
» éloigné du luxe, parle un lan-
» gage fort rude ; & lors que les
» Italiens, degenerant de l'an-
» cienne force du Romain, fi-
» rent plus de profeffion de la
» delicateffe que de la vertu,
» auffi formerent-ils peu à peu
» de ce langage mâle Romain,
» un langage tout effeminé &
» mollaffe. Ainfi nos Gaulois,
» comme ceux qui avoient l'ef-
» prit plus brufque & plus
» prompt que les Romains, ont
» par confequent le langage plus
» court.

Conferez

Page 80j.

Conferez ces deux piéces l'une avec l'autre, & voyez s'il y a quelqu'autre difference, que celle que l'inegalité d'âge met necessairement entre les choses & les personnes qui se ressemblent le mieux.

L'Auteur continuë : Nos " Page 63. de la 1. editi. Ancestres, dit-il, qui étoient " plus prompts que les Romains, " Page 88. de la 2. accourcirent presque tous les " mots qu'ils prirent de la langue Latine ; on fit d'*occidere* occir, qui a duré long-temps; les autres mots se formerent à-peu-prés de méme. *Temps, nom, fin, an, mort, corps.....* Et pour les monosyllabes qui ne peuvent étre abregez : ou ils n'y changerent rien du tout, ou ils les changerent en d'autres monosyllabes, *si, non, plus, tu, es, est*, &c.

E

De tout cela, Pasquier est
le meilleur garand que l'Au-
» teur pouvoit avoir : Nos Gau-
» lois, dit-il, transplantant là
» langue Romaine chez eux, ils
» accourcirent les paroles de ces
» mots *Corpus, tempus, asperum,*
» & autres semblables, dont ils
» firent *corps, temps, aspre* . . . . .
» Nôtre vulgaire est un langa-
» ge racourci du latin aux pa-
» roles de deux, trois, & qua-
» tre syllabes ; mais aux mono-
» syllabes qui ne pouvoient re-
» cevoir racourcissement, nous
» en usons tout de méme façon
» que les Romains sans y rien
» immuer, *Si, non, tu, plus, es,*
» *est,* &c.

Vous voyez, Monsieur, de
quelle maniere ces deux discours se raportent l'un à l'autre, & dans le sens & dans les

paroles ; mais voyons ſi rien ne
ſe démentira dans la ſuite.

C'eſt l'Auteur qui parle. » Dés que les Romains, dit-il, « ſe furent rendus les maîtres des « Gaules, la langue Romaine » commença à y avoir cours, » ſoit que cela vint de la com- » plaiſance des vaincus, ſoit que » ce fut un effet de la neceſſité » & de l'intereſt ; les ſujets ne » pouvant avoir d'accez auprés » de leurs maîtres ſans quelque » uſage de la langue Latine ; ſoit » enfin que les ordonnances Ro- » maines qui obligeoient à faire » tous les Actes publics en Latin, » fiſſent peu-à-peu cét effet. Les « Romains impoſoient le joug » de leur langue aux vaincus » avec celuy de la ſervitude, » comme parle ſaint Auguſtin. »

Ecoutez maintenant Paſ-

Page 110. de la 1. ed. page 154. de la 2.

Opera data eſt ut imperioſa Civitas non ſolum jugum verum etiam linguã ſuam demiſsis gentibus imponeret. Aug. de Civitate Dei lib. 19 c. 7.

Page
801.

„ quier. Les Romains, dit-il,
„ ayant vaincu quelques Pro-
„ vinces établissoient des Pre-
„ teurs, Presidens, ou Procon-
„ suls, qui administroient la Ju-
„ stice en Latin, & saint Augu-
„ stin au livre 19. de la cité de
„ Dieu, nous rend tres-asseuré
„ ce discours, quand il dit au
„ chap. 7. *Opera data est ut impe-*
„ *riosa Civitas, non solum jugum,*
„ *verum etiam linguam demissis*
„ *gentibus imponeret.* Cela fut
„ cause que les Gaulois sujets à
„ cét Empire s'adonnerent, qui
„ plus, qui moins, à parler &
„ entendre leur langue, tant
„ pour se rendre obeïssans que
„ pour entendre leur droit.

Tout le monde peut juger si
ce n'est pas de part & d'autre la
méme chose, témoin le passa-
ge de saint Augustin ; mais il

faut voir jusqu'où cela ira.

La langue se purifia beau- ,, Page.
coup (dit l'Auteur) vers le mi- ,, 119.
lieu du regne de Philippes de ,, de la
Valois, témoin le Regiſtre de ,, 164.
la Chambre des Comptes de ,, de la
Paris , où l'on voit une con- ,, 2.
ſtruction & une pureté , qui ,,
commence à ſe ſentir de nôtre ,,
âge, ou du moins de l'âge de ,,
nos peres. ,,

Nôtre langue (dit Paſquier) ,, Page
commença grandement à ſe ,, 112.
polir de cette ancienne rudeſ- ,,
ſe vers le milieu du regne de ,,
Philippes de Valois, ſi les Re- ,,
giſtres de nôtre Chambre des ,,
Comptes ne ſont menteurs, ,,
eſquels vous voyez une pureté ,,
qui commence à s'approcher ,,
de nôtre âge.

En verité , Monſieur , cette
conformité de pensées & de

E iij

54 SENTIMENS DE CLEANTE

paroles eft admirable ; & comme vous voyez, ils ont tous
deux lû les Regiftres de la
Chambre des Comptes.

Page.
219.
de la
3.edi.
Page.
164.
de la
2.

» Ces heureux commence-
» mens (dit l'Auteur) eurent une
» fuitte encore plus heureufe
» fous le regne de Charles VII.
» Alain Chartier fon Secretai-
» re , qui étoit un laid-homme
» & un bel Efprit , ajoûta de
» nouvelles graces à la langue,
» ce qui le fit furnommer à fon
» tour le Pere de l'éloquence
» françoife. C'eft luy que Mar-
» guerite d'Ecoffe baifa un jour
» en paffant par une fale où il
» étoit endormi ; vous fçavez
» l'hiftoire & ce que répondit
» la Princeffe aux Dames de fa
» fuitte , qui trouverent étran-
» ge qu'elle eût baifé un hom-
» me fi laid ; je n'ay pas baifé
» l'homme , dit-elle ; j'ay baifé

Elle
étoit
fem-
me du
Dau-
phin
qui
futde-
puis
Loüis
XI.

feulement la bouche d'où il »
eft forty tant de belles paroles. »

C'eft juftement ce que dit
Pafquier, & prefque en mêmes
termes.

Plus nous allâmes en avant, « Page 809.
plus nôtre langue receut de »
politeffe, témoin les œuvres »
de Maître Alain Chartier Se- »
cretaire du Roy Charles VII. »
Un jour étant endormy dans »
une fale, dans laquelle Mar- »
guerite femme du Dauphin, »
qui depuis fut appellé le Roy »
Loüis XI. paffant avec une »
grande fuitte de Dames & »
grands Seigneurs, elle l'alla »
baifer à la bouche; chofe dont »
s'étant quelques-uns émerveil- »
lez; car pour dire le vray, natu- »
re avoit enchaffé en luy un bel »
efprit en un laid corps & de »
mauvaife grace; céte Dame dit »

E iiij

„ qu'elles ne devoient s'étonner
„ de ce myftere ; d'autant qu'elle
„ n'entendoit avoir baisé l'hom-
„ me , mais la bouche d'où
„ étoient iffus tant de mots dorez.

La plus grande difference, comme chacun peut remar-quer, eft en ce que l'un a mis à la marge que la Princeffe Mar-guerite étoit femme du Dau-phin, qui fut depuis Loüis XI. & l'autre l'a mis dans la fuitte du difcours.

Je penfe, Monfieur, qu'a-pres cela, & même fur cela on peut raifonnablement juger de tout le refte. Mais fi vous avez la curiofité de voir jufqu'au dernier trait la plus rare & la plus furprenante reffemblance qui puiffe être entre un ou-vrage nouveau & un ancien ; je vous envoiray les Entretiens

d'Ariste & d'Eugene , & vous
les confererez à loisir avec vôtre Pasquier. Tout ce que je
vous en dis ne vous empéchera
pas d'étre surpris; & encore plus
quand vous lirez le discours des
Avantages de la langue Françoise sur la Latine, où l'Auteur
a pris tout ce qu'il dit de nôtre
langue dans l'état où elle est
presentement : tout ce qu'il
écrit de tant d'avantages qu'elle a , de sa douceur, de sa force , de sa prononciation, de sa
briéveté , de sa construction si
naturelle , de la varieté de ses
terminaisons , de sa pureté , de
sa clarté, de son abondance, de
son étenduë , & de toutes ses
autres qualitez. Mais je vous
laisse lire cela vous-méme , &
je ne vous raporte que ce seul
endroit de la page 23.

» Demandez à Monſieur de
» Cordemoy ce qu'il luy ſemble
» de la phraſe Françoiſe & de la
» Latine ; il vous répond que la
» premiere eſt plus juſte , plus na-
» turelle à l'eſprit & plus conve-
» nable au bon ſens que n'eſt l'au-
» tre ; il dira que la tranſpoſition
» des mots qui ſe rencontre ſans
» ceſſe dans le Latin , fait dans
» l'eſprit un embaras qui ne ſe
» trouve point dans nôtre lan-
» gue. Il dira que nôtre ſtyle eſt
» bien mieux reglé ; & que chez
» nous les mots ſe rangent dans
» la bouche de celuy qui parle,
» & dans l'oreille de celuy qui
» écoute , ſelon que les choſes
» pour étre bien digerées ſe doi-
» vent ranger dans l'entende-
» ment de l'un & de l'autre. En
» effet, on n'en ſçauroit dire au-
» tant du Latin où tout le con-

traire se remarque , où ce qui «
doit être au commencement «
est à la fin, & où l'ordre des «
paroles confondroit l'ordre «
des choses, si on n'y prenoit «
garde, & si un long usage n'y «
accoûtumoit nôtre esprit. «
Mais on a bien affaire d'avoir «
cette peine, & qu'une langue «
qui doit servir aux hommes «
pour expliquer leurs pensées, «
vienne les embroüiller & leur «
donner la torture, au lieu de les «
aider. «

Voicy comme en parle nôtre
Auteur. La langue Françoise, «
dit-il, est peut-être la seule qui «
suive exactement l'ordre natu-«
rel, & qui exprime les pensées «
en la maniere qu'elles naissent «
dans l'esprit. Je m'explique & «
vous prie de m'entendre : les «
Grecs & les Latins ont un «

page 37. de la 1. editi. page 21. de la 2. où l'Auteur s'est ressouvenu de citer avec eloge. les A-vanta-ges de la lan-gue Fran-çoise.

» tour fort irregulier pour trou-
» ver le nombre & la cadance
» qu'ils cherchent avec tant de
» foin, ils renverfent l'ordre avec
» lequel nous imaginons les cho-
» fes ; ils finiffent le plus fouvent
» leurs periodes, par où la raifon
» veut qu'on les commence. Le
» nominatif qui doit étre à la
» tefte du difcours, felon la re-
» gle du bon fens, fe trouve pref-
» que toûjours au milieu & à la
» fin..... Il faut avoüer que
» cette tranfpofition fait un
» grand embaras dans les autres
» Langues; l'obfcurité de leurs
» Auteurs venant delà en partie,
» on a fouvent peine à en dé-
» méler le fens, parceque le
» fens & les paroles ne s'accor-
» dent pas.

Ce n'eft icy, Monfieur, qu'un
feul trait de la reffemblance

dont je vous parle ; & si vous me croyez, vous ne jugerez point par celuy-cy de tous les autres, mais vous verrez tous les autres comme celuy-cy ; car enfin c'est une chose à voir ; & pour vous le dire encore une fois, ces deux discours sont tellement semblables, que s'il se pouvoit qu'il y eût des discours jumeaux, on diroit que ces deux-là le font.

De tout cela, Monsieur, il s'ensuit bien clairement, que l'Auteur a pris l'entretien de la langue Françoise où vous voyez qu'il l'a trouvé ; mais il ne s'ensuit pas de même qu'on le doive accuser d'avoir pillé les Auteurs. C'est une differen-ce assez surprenante que j'entendis faire ces jours passez en bonne compagnie. Car à l'égard de Pafquier, difoit-on, il y a guerre declarée dés long-temps entre luy, & les amis de l'Auteur; & comme il les a attaqués autrefois, l'Auteur le pille aujourd'huy : N'eft-ce pas-là le droit des armes?

Pour ce qui eft de Monfieur le Laboureur qui a fait les avantages de la langue Fran-çoife, on ne fçait pas bien com-ment il le traitte. Mais quoi-qu'il en foit, il a pû prendre de celuy-cy comme de l'autre: & puis qu'il affeure que *tout ce que dit un bel efprit coule de fource*; on ne doit pas luy repro-cher s'il a fait couler fon dif-cours de deux fources fi fort connuës, & fi bien marquées dans la carte.

Vous voyez donc, Monfieur, que l'original de nôtre Auteur

n'est qu'une copie de mot à
mot. Il est vray qu'il a fait là
une bonne prise ; Et il n'a pas
été si heureux en prenant
le vieux conte Espagnol que
voicy.

Un jour, dit-il , un sçavant « PAG.
cavalier de ce païs-là dit hau- « 64.
tement en bonne compagnie , «
qu'au Paradis terrestre le Ser- «
pent parloit Anglois , que la «
femme parloit Italien , que «
l'homme parloit François , «
mais que Dieu parloit Espa- «
gnol. Plût à Dieu, continuë- «
t'il , que les choses se fussent «
passées de la sorte. car enfin si «
le Serpent & Eve eussent parlé «
deux langages differens, peut- «
étre qu'ils ne se seroient pas «
entendus ; mais par malheur «
pour nous ils ne s'entendoient «
que trop bien ; & c'est ce qui «

» me fait un peu douter de la
» verité de l'hiftoire.

Affeurément, Monfieur, on
ne dira pas que ce foit là le langage d'un hypocrite ; au contraire, on dit que l'Auteur n'eft
gueres moins cavalier, que le
cavalier méme dont il fait le
conte. Je ne voy pourtant pas
que ce conte plaife non plus
que ce qu'il dit encore en
loüant l'Hiftoire Romaine de
Coeffeteau, qu'*il n'y a point
de falut hors l Hiftoire Romaine,
non plus que hors l Eglife Romaine.* On n'aime point ces fortes
de difcours, & à vous dire vray,
ils ne font ny affez religieux ny
affez raifonnables, pour répondre à l'opinion qu'on avoit de
celuy qui les a faits, ny pour
foûtenir l'autorité qu'il s'eft
luy-méme attribuée de juger
de

Page 121.
de la 1.
edition.
Page 167.
de la 2.

de tout. Mais c'est assez vous
entretenir pour une fois, & je
vous diray à la premiere occasion ce que c'est que les jugemens qu'il prononce. Je
suis, &c.

TROISIÉME LETTRE.

MONSIEUR,

Vous verrez dans cette let-tre de quelle maniere nôtre Au-teur juge des autres Auteurs; & je croy que vous avoüerez aussi-bien que moy qu'il y a dans les jugemens qu'il pro-nonce une briéveté d'oracle, avec une netteté sans pareille.

BALSAC, dit-il en un mot, *il faut le lire, & ne pas trop l'imiter.*

VOITURE, *son style n'est pas toûjours fort exact, ny fort châtié.*

COSTAR, *sa deffense de Voitu-re est son chef-d'œuvre; ses autres livres ne sont pas si fins ny si cor-rects que celuy-là.*

D'ABLANCOURT & LA

CHAMBRE, *tout ce qu'ils ont mis en lumiere merite fort d'ê- tre lû.*

Voilà, Monsieur, qui est court, & clair autant qu'il peut l'être: mais je connois de fort hon- nêtes-gens qui disent que cela devoit être un peu moins clair, & un peu plus long, parce qu'il n'est pas toûjours necessaire de dire si promptement, ny si ou- vertement ce que l'on pense. Comme quand il dit un peu apres en parlant du Secretaire de l'Academie. *Il y a dans tout ce qu'il fait un air d'honnête-hom- me qui me plaît infiniment.* On n'en doute point, & le Secre- taire de l'Academie plaît à bien d'autres. On ne repro- chera pas à l'Auteur d'avoir trop d'estime pour un homme qui merite celle de toutes les

perfonnes qui le connoiffent:
Mais c'eft qu'enfin les façons
de parler dont cét Auteur fe
fert : *cela me plaît, cela ne me*
plaît pas, ne fçauroient jamais
plaire au public : & il eft affez
difficile de s'imaginer qu'un
honnête-homme qui auroit
ainfi parlé à un amy particulier, prît plaifir enfuite de le
redire à toute la terre dans une
impreffion publique. Car enfin entre amis où les paroles
doivent étre auffi libres que les
penfées, ce n'eft qu'une liberté honnête & permife : mais
en public, & quand tout le
monde en eft témoin, c'eft une
conduite qu'il feroit affez difficile d'accorder avec la modeftie.

C'eft ainfi qu'ils raifonnoient,
& je leur fis cette objection.

Je pense, Messieurs, que vous
ne prenez pas garde que c'est
icy un entretien familier, où
les choses doivent être dites fa-
milierement, & que sans cela
il ne seroit point ce qu'il est.
Le grand mal, me répondirent-
ils en riant, que cét entretien
ne fût point si familier, & qu'il
fût un peu plus raisonnable. Il
faut avoüer, poursuivirent-ils,
que vous avez-là une admirable
pensée, comme s'il étoit permis d'étre moins discret en dia-
logue qu'en toute autre maniere d'écrire, sous pretexte
que l'on fait dire ses propres
pensées à deux personnes ima-
ginaires qui n'ont jamais été.
On sçait bien que ces fictions
sont permises, qu'elles sont méme ingenieuses, & que les plus
grands hommes de l'antiquité

s'en font fervy : mais leur ufage ne doit étre que pour dire
les chofes avec plus de facilité,
plus de netteté , plus d'agrément ; mais non pas pour les
dire avec moins de difcretion
& de retenuë.

C'êtoit, Monfieur , le fenti-
ment de ces perfonnes-là ; mais
vous fçavez que chacun a le
fien : & ce n'eft pas là celuy de
nôtre Auteur qui continuë toûjours comme il a commencé.
*L'Hiftoire de l'Academie Fran-
çoife* , dit-il , *eft un des livres
que j'aime le plus. Le Difcours
fur les œuvres de Sarafin , eft
une tres-belle chofe.* Et pourquoy cela ? parce que (répond
il) *je l'ay lû plufieurs fois, &
l'ay toûjours lû avec plaifir.*
Pour moy , j'aimerois autant
dire : car tel eft nôtre plaifir,

auſſi bien, ajoûtoit un de ces
Meſſieurs, ſon plaiſir luy tient
lieu de raiſon; il ne cite que
cela, & il ne parle pas même
de l'Approbation publique
qu'ont euë les livres qui luy
plaiſent. Quelle façon de juger, continuoient-ils, toute
abſoluë, & independante de
toute raiſon : J'avois beau leur
repreſenter que dans les matieres qui ne touchent point l'E-
tat ny la Religion, on eſt aſſez
libre de dire ce que l'on veut.
Il eſt vray, me repliquoient-
ils, que cela n'eſt pas deffendu
par les loix du Royaume, ſous
peine d'être traité comme He-
retique, ou Seditieux ; mais
certainement l'honnêteté, &
la bien-ſeance, qui ſont des
Loix naturelles, le deffen-
dent ſous peine de paſſer

pour peu difcret, & peu retenu. Et enfin quoique l'on pre-
tende , & que l'on objecte,
on fçait bien que les Efprits
fages , & judicieux mettent
toûjours une tres-grande difference entre penfer les chofes &
les dire.

Les pensées font fecretes (me
difoient ces mémes perfonnes) elles font interieures, cachées au fond de l'efprit qui les
forme , inçonnuës à tous les
autres, Enfin , on penfe dans
foy , on penfe pour foy ; & alors
on peut agir avec toute liberté,
fans confiderer autre chofe que
le vray, & le faux. Car le feul
devoir que l'homme eft obligé
de fe rendre à foy méme quand
il penfe : c'eft de tâcher à ne
point tomber dans l'erreur d'un
faux jugement ; mais lors qu'a-
pres

pres avoir penſé , il s'agit de
parler , & de ſe faire entendre
aux autres , ce n'eſt point aſſez
que les choſes que l'on veut dire ſoient conformes à la verité, il faut encore qu'elles ſoient
proportionnées aux temps, aux
lieux, aux perſonnes , & à toutes les circonſtances qui forment la bien-ſeance , cette vertu ſi neceſſaire à ceux qui parlent , ou qui écrivent.

Ils m'en dirent encore bien
davantage , mais il faut que je
me hâte de vous nommer les
Auteurs que le nôtre aprouve
à-peu-prés de la méme ſorte
que les precedens.

L'Auteur *de la Preface qui a
été depuis peu miſe au commencement des œuvres de Balſac.*

L'Auteur *de la Preface de la
nouvelle traduction de l'Eneide.*

G

L'Auteur *des Reflexions ou Maximes Morales.*

L'Auteur *du Difcours qui a été mis à la tête de ces Reflexions.*

L'Auteur *des Converfations qui parurent l'an pafsé.*

L'Auteur *des œuvres que nous avons attendu long-temps, & dont les Plaidoyers font la principale partie.*

L'Auteur *de la Preface d'un de fes Amis fur de fort beaux Panegyriques.*

L'Auteur *de l'Hiftoire-Sainte fur le nouveau Teftament.*

L'Auteur *des Obfervations fur les Poëmes d'Homere & de Virgile.*

A l'entendre ainfi proclamer tant de noms differens, il femble (dit-on) que l'on eft à la Tragedie de quelque College, & que l'on voit fur le theatre, cet Auteur Regent

qui donne les prix, au son de la
trompette.

Voicy encore quelques livres
qu'il nomme & qu'il approuve
de méme. *La Morale du Sage.*
L'Apologetique de Tertullien. Le
discernement de l'Ame & du
Corps. Le discours Physique, de la
Parole. Les actions Publiques d'un
celebre Predicateur. La Guide des
Pecheurs de Grenade, par Girard.
Les Paraphrases sur les Epîtres de
saint Paul.

He ! comment, me dit un de
mes amis, a-t-il pû mettte ce
dernier livre avec les autres ?
Pourquoy non, luy disje ? n'est-
ce pas un excellent livre ; &
qui a une grande reputation ?
Ce n'est point pour cela, me
repliqua-t-il ; mais parce qu'il
a eu le malheur de ne plaire
pas à une personne, que l'Auteur cite, & qu'il appelle un des

ſ ij

Franc.
Vavaffor.

Page 117
de la 1.
edition.
Pag. 189
de la 2.

Antonius
Godellus
Epificpus
Graffinfis
an Elogii
Aurelia-
ni feripter
idenint.
Idenique
verum
Poëta.
page 15.

plus judicieux Critiques de nôtre temps. Cependant ce Critique fi judicieux foûtient pofitivement, que le livre des Para-
phrafes fur S. Paul ne merite pas
d'être nommé l'ouvrage d'un
homme, mais d'une petite femme *mulierculæ* ; & par confequent, il faut de neceffité, ou
que ce livre ne foit pas bon, ou
que le Critique ne foit pas judicieux; l'un & l'autre eft également contre nôtre Auteur, &
c'eft à luy de s'en défendre comme il pourra.

Cependant, on trouve que cette petite contradiction ne luy
vient point mal à propos dans
le même temps que s'erigeant
en juge fouverain de tous les
Auteurs, il s'imagine mettre
les uns dans le temple de la gloire, & effacer les autres de la
memoire des hommes felon

qu'il les écrit, ou qu'il ne les écrit pas dans son livre.

Voila justement comme doit agir un homme qui veut se faire dire ses veritez; car apres qu'il a ainsi prononcé son jugement, & qu'il a reglé & arrété à son gré le nombre de ses bons Auteurs; alors le Public qui vient là-dessus, & qui ne voit pas tous ceux pour qui il a de l'estime, ne manque point de s'en prendre au juge pretendu, & d'en dire librement sa pensée. On demande pourquoy il n'a pas nommé tels & tels livres? où est, dit-on celuy-cy, où est celuy-là? Il n'a pas seulement parlé de ce Catechisme si estimé, où le grand Cardinal de Richelieu a écrit les plus profonds mysteres de la Religion, avec tant de netteté & d'éloquence.   ¶ iij

Il ne dit rien des Oeuvres de M. le Garde des Sceaux du Vair, à qui la langue Françoise est redevable de tant d'ornemens.

Il a supprimé l'Histoire de Henri le Grand, par M. de Perefixe Archevesque de Paris, où la verité parle avec une eloquence digne de la verité.

Il n'a pas marqué les Plaidoyers de M. le Maître, ny ces fameux Panegyriques qui ont été admirez de toute la France, & qui dureront autant que le nom du Grand Chancelier, pour qui ils ont été faits. Il n'a rien dit nonplus, ny des belles Traductions de Monsieur Giry, ny des sçavans Discours de Monsieur Sillon, ny de tant de beaux

Ouvrages de ces Meſſieurs de
l'Academie, ny méme des Sentimens de cette illuſtre Compagnie ſur le Cid ; & comme s'il
étoit jaloux & ennemi de la
gloire de la France, il ne nomme que dix ou douze auteurs
dans un ſiecle, où Elle a produit un ſi grand nombre d'excellens Hommes, en toutes
ſortes de Sciences. Apres cela
vous pouvez juger, ſi l'on parle
librement d'un faiſeur de ca-
talogue, & ſi l'on fait difficulté
de l'appeller de tous les noms
qu'il merite.

Pour moy à vous dire vray,
j'ay toûjours regardé cette
entrepriſe de juger ainſi pu-
bliquement, & abſolument,
comme un moyen de ne plaire
à perſonne, ny méme à ceux
qu'on loüe. Et en effet, ce

n'eſt pas ce me ſemble un grand plaiſir pour un homme d'eſprit, d'entendre un nouvel auteur qui luy dit; avec je ne ſçay quel air, *ce que vous faites me plaiſt infiniment. Ie ſerois d'avis qu'on leût la Preface que vous avez écrite. Cét Ouvrage eſt vôtre chef-d'œuvre, les autres ne ſont pas ſi fins ny ſi corrects:* Car voila comme loüe nôtre Auteur, & en verité on ſe paſſe bien aiſément de telles loüäges.

Que penſez-vous, dit-il, *de* Pag. 135. de la 1. edition. Pag. 187 de la 2. *ces Solitaires qui ont tant écrit depuis vingt ans?* Tout le monde ſçait de qui il entend parler, & il ne ſert de rien icy d'en ſçavoir davantage, ny d'examiner s'il y a quelque cauſe particuliere, qui l'oblige de les critiquer plûtôt que d'autres; je ne m'en mets nullement en

peine ; je n'examine que son Livre, & ce que je ne trouve point
là, je ne le cherche point ailleurs.

Voicy donc comme il se répond à luy-même. *Ie leur fais*
justice, dit-il, *car il la faut faire*
à tout le monde. Ce, *car il la faut* Pag. 135.
faire à tout le monde, donne une de la 1.
méchante idée. On diroit que on retrâ-
l'Auteur ne leur fait justice que la 2. ces
malgré luy, & que s'il étoit paroles.
permis de ne la pas faire à tout *faut faire*
le monde, il seroit fort aise de *monde*.
s'en dispenser à leur égard. Je
n'examine point cela par les
maximes de la Morale : mais
vous m'avoüerez que selon les
regles de la Critique, l'Auteur
a fait une faute de n'avoir pas
caché sa passion ; parce que jamais une passion ne doit parêtre dans un jugement.

Il s'attache en fuitte à critiquer la traduction de l'imitation de J. C. & je ne veux pas
dire absolument qu'il n'a pas
dû le faire ; mais puisqu'il y a
tant d'autres livres qui s'of-
froient à luy sur toutes sortes
de matiere, on ne peut pas douter qu'il n'eût mieux fait de ne
toucher point à celuy-cy , & de
le laisser tout entier à la pieté
publique.

Que si l'on veut absolument
en venir à la Critique, on doit
au moins y garder une grande
moderation , & ne traitter
qu'avec respect des mots qui
sont en quelque façon consa-
crés par la sainteté des choses
qu'ils signifient. On ne sçauroit alors trop considerer, que
les differens sujets demandent
des expressions differentes ; &

que s'il y a ſelon l'Auteur des
façons de parler qui ſont propres à la converſation, il peut
à plus forte raiſon , y avoir
auſſi des manieres de s'exprimer
particulierement deſtinées à la
devotion.

Je vous puis aſſeurer, Monſieur , que je ne vous écris rien
en tout cela , que je n'aye apris
des plus honêtes gens. Et c'eſt
pourquoy je ne conçois point
ce que l'Auteur trouve à redire
à ces expreſſions. *Conſerver ſon* Page
ame dans la privation des douceurs. 143. 145.
de la 1.
Rendre ſon ame vuide de l'affection edition.
de toutes les creatures ; & quel- Pag. 145.
201. de
ques autres ſemblables qui ſont la 2.
les plus ſimples dont on ſe puiſſe
ſervir dans la devotion & dans
la Theologie myſtique.

Je demande auſſi à des perſonnes d'eſprit , & même de

l'Academie , quel mal il y a dans ces autres mots que l'Auteur condamne ? *Refferrement, déchirement, brifement, obfcurciffement , atiediffement , enyvrement :* & ils me répondent que ce font de fort bons mots, qu'ils font fort propres , méme dans les matieres phyfiques, & encore plus dans les chofes morales, parce qu'ils expriment tout-à-fait bien les differens états du cœur humain ; qui eft le principal fujet de la Morale.

Que s'il y a quelques autres mots à qui il manque un peu d'ufage ; ce n'eft pas , ce me femble , un fi grand fujet de raillerie , & d'exclamation. Des perfonnes habiles trouvent des mots nouveaux fort raifonnables & bien pleins de fens , ils les expofent au public &

les hazardent pour tâcher d'enrichir la langue : y a-t'il là quelque chose qui merite que l'Auteur s'écrie publiquemenr. *Bon Dieu quelle façon de paler quel langage ! cela m'est insuportable !* & tout ce qu'une Precieuse pourroit dire.

On sçait bien que dans les langues il faut que la raison cede à l'usage ; mais cela n'empéche pas qu'on ne puisse aussi essayer peu à peu d'y accommoder l'usage à la raison : puisque sans cela les langues ne peuvent jamais étre parfaites.

Mais l'Auteur des Entretiens s'en mocque , & quelque raison qu'on luy puisse donner , il ne veut pas qu'il soit jamais permis de faire des mots nouveaux ; *comme si* , dit-il en riant,

Pag. 159.
de la 1.
edition.
Pag. 193.
de la 2.

des particuliers & des solitaires avoient une autorité que les Rois mêmes n'ont pas. En verité, Monſieur, je n'avois pas encore oüi dire qu'il fallût une autorité plus que royale pour former de nouveaux mots ; & je croyois même que ſans nulle autorité il ne falloit qu'un peu de Grammaire. Je ne ſçay point non plus pourquoy les Rois n'en pourroient pas faire, s'il leur plaiſoit de s'y appliquer, ny ſi delà il s'enſuivroit que les particuliers n'en puſſent faire non plus que les Rois : Comme ſi l'on ne ſçavoit pas que ce n'eſt point là l'occupation de la Majeſté, ny l'exercice de l'art de regner, mais ſeulement l'ouvrage d'un Grammairien. C'eſt donc à peu prés de même que ſi l'on diſoit, qu'il eſt étrange qu'un grofellier porte des grofeilles, puifqu'un oranger qui eft un bien plus bel arbre n'en porte point. Voilà où fe reduit la raillerie de l'Auteur; & il devoit y avoir pris garde: car quoy qu'il foit permis de rire, il ne faut pas neanmoins que le rifible étouffe le raifon-nable.

Mais enfin, Monfieur, quoy que l'Auteur puiffe dire, il a fait luy-méme de ces fautes qu'il trouve fi épouventables.

Par exemple, *Arifte & Euge-ne fe rencontrerent durant la plus belle faifon de l'année;* on ne dit point *fe rencontrer durant une fai-fon*, ny en François, ny en tou-te langue; parce que *durant* fi-gnifiant de la durée, & *rencon-trer* fignifiant une action d'un moment, ou du moins le pre-

pag. 1. de la 1. edition. Ibidem de la 2.

mier moment d'une action ; on voit bien que ces deux mots ne s'accordent pas enfemble. On dit *fe divertir durant une faifon, fe voir, s'entretenir*, mais point du tout *fe rencontrer*.

Pag. 1.
de la 1.
edition.
Pag. 2.
de la 2.

Ils choifirent pour le lieu de leur entreveuë un endroit au bord de la mer; le mot *entreveuë* n'eft bon que pour la premiere rencontre ; or icy Arifte & Eugene s'étoient déja veus & parlé ; c'étoit méme en fe voyant & en fe parlant qu'ils choifirent ce lieu, & par confequent on ne ne doit plus l'appeller le lieu de leur *entreveuë* ; mais de leur *ren-dévous* de leur *converfation*, ou de leur *promenade*.

Page
441. de
la 1. ed.
Pag 541.
de la 2.

La fcience des Devifes eft courte. Il eft vray que c'eft une affez courte fcience ; mais ee n'eft pas là le fens de l'Auteur, qui l'eftime

l'eftime au contraire la plus
belle fcience & la plus étenduë
qui foit parmy les hommes.

Il veut dire *quelle inftruit dans
un moment;* ainfi le mot *courte ,*
eft tres-équivoque, & par confequent contraire à la netteté
du ftyle. L'Auteur s'en fert pour
exprimer une bonne qualité ,
& il fignifie prefque toûjours
un defaut. On dit, la prudence
des hommes eft courte , pour
dire qu'elle eft deffectueufe:
on dit auffi, un homme à une
courte haleine , il a la veuë
courte & toutes ces expreffions communes marquent des
defauts.

Il y a encore de l'équivoque
dans cette autre expreffion , *la* Page 13.
de la 1.il
revolution journaliere du premier edition.
mobile; l'Auteur veut que le Pag. 2 p1.
de la 2.
mot *journaliere* fignifie un mou-

†

vement reglé de chaque jour
& il fignifie une chofe incon-
ftante & dereglée : comme
quand on dit communement,
que *les armes font journalieres,*
pour marquer l'inconftance de
la fortune dans les évenemens

Pag. 13.
de la 1
edition..
des armes.

Pag. 19.
de la 2.
Déméler un mouvement , fi
l'Auteur avoit veu ces deux
mots dans le livre qu'il critique , il diroit *qu'ils ne font pas
faits l'un pour l'autre :* on dit *cau-
fer un mouvement, l'arrêter, l'interrompre, le connoître :* mais nullement le *déméler.* Et je m'é-
tonne que l'Auteur ait pû dire
déméler un mouvement, luy qui
ne peut fouffrir que l'on dife
acquerir de l'éclat.

Page
dernlere
de la 1.
& de la 2
edition.
*Il fut contraint de dire adieu à fon
ami & à la mer, dans un temps où il
penfoit joüir de l'un & de l'autre.*

On ne dit point *joüir de la mer*, non plus que *joüir de la terre*; & la raifon de cela, c'eft que pour joüir, il faut un bien quelqu'il foit, utile, honefte, agreable: Or quand on dit fimplement la mer, on ne marque nul bien, nul objet de joüiffance; & par confequent on ne peut point dire joüir de la mer, à moins que d'y ajoûter quelque autre mot, comme, joüir des trefors de la mer.

Je ne vous fais point icy un long recit de pareilles fautes : & je ne vous en euffe pas marqué une feule; fi l'Auteur les avoit auffi peu confiderées dans les autres que je les confidere peu dans luy. Mais il étoit jufte de vous montrer qu'il a fait luy-même de ces fautes qu'il trouve fi enormes;

& que fa delicateffe n'a pas laif-
fé d'enfanter de ces monftres
qui luy font tant de frayeur.

Ce n'eft pourtant pas-là ce
qu'il doit craindre, ny ce qui
decreditera fon livre ; & fi ce
livre n'a pas dans le monde,
tout le fuccez qu'il en atten-
doit, on ne dit point que ce
foit à caufe de ces fortes de
fautes qui y font ; mais à caufe
de la folidité, & de la juftesse
d'efprit qui n'y font pas. On
luy pardonneroit aifément ces
petits deffauts qu'il a tant exa-
gerez ; & l'on fçait bien que
les meilleurs Efprits s'y laiffent aller quelquefois, car il
faudroit être bien efclave des
mots & bien attaché aux paroles, pour n'en laiffer jamais
échaper, principalement quand
on eft appliqué à des chofes

grandes, hautes, & qui emportent toute l'attention.

C'eſt pour cela que l'on trouve mauvais, qu'il ait critiqué, comme il a fait, la traduction du livre de l'imitation de Jeſus - Chriſt ; & d'autant plus que luy-même n'ayant traduit qu'un ſeul paſſage dans tout ſon livre, ne l'a pas traduit comme il faut.

C'eſt un paſſage, où ſaint Jerôme compare le monde à la Mer : *Nolite credere, nolite eſſe ſecuri, magnos hic campus montes habet........intùs inclujum eſt periculum, intùs eſt hoſtis; tranquillitas iſta tempeſtas eſt.* L'Auteur traduit, *Ne vous y fiez point, ne ſoyez point en aſſurance, il y a des Montagnes cachées ſous cette ſurface ſi égale ; l'ennemi, le peril eſt au dedans ; ce grand*

Pag. 25. de la 1. edition. Pag. 32. de la 2.

† iij

calme est une tempeste.

Premierement , *ne soyez pas en assûrance* , n'est pas bien : il faut , ne vous imaginez point étre en seureté. C'est là le pro-pre sens des paroles Latines , *nolite esse securi* , & c'est aussi le sens de saint Jerôme , qui ne deffend point d'étre en seureté ; ny de s'y mettre au-tant qu'on le peut ; mais seu-lement de s'imaginer dange-reusement, que l'on est en seu-reté, lors qu'en effet on n'y est pas.

En second lieu *l'ennemi , le peril est au dedans* , est une mau-vaise construction , & qui ne retient rien du poids , du nom-bre , & de la force du Latin. Il falloit au moins, *l'ennemi est caché ; le peril est au dedans ; ce grand calme est une tempête.* Ces paroles répondent beaucoup mieux à celles de saint Jerôme, *inclusum est periculum, intus est hostis, tranquillitas ista tempestas est.*

Apres cela, Monsieur, nous n'avons qu'à regarder un peu nôtre Auteur, sur le sujet des longues parentheses, des grandes periodes, des exagerations, & des hyperboles ; car il parle encore de tout cela.

On dit premierement, qu'il a raison de condamner les longues parentheses ; mais on dit aussi qu'il a tort en deux choses : en ce qu'il en accuse ces Auteurs, qu'il appelle *Solitaires*, sans en rapporter ny preuve, ny exemple ; & encore en ce que luy-même s'y embarasse fort sovvent dans tout son livre.

Pag. 121
de la 1.
edition.
Pag. 100.
de la 2.

C'est je ne sçai quoy, dit-il, *de divin, qui rend un bel esprit. (que la providence de Dieu, a destiné au gouvernement d'un Empire) qui le rend, di-je, naturellement droit* Il ne faut point d'autre preuve de cette longueur de parenthese, que le mot, *di-je*, par lequel l'Auteur fait bien voir, qu'il a laissé le verbe si loin de son regime, que de peur qu'on ne s'en souvienne plus, il est obligé de le repeter.

Mais en voicy une autre dont je ne diray rien qu'apres que vous l'aurez veuë.

Pag. 199
de la 1.
edition.
Pag. 198.
de la 2.

Que si les paroles ne conviennent qu'à la figure (comme d'un Cadran sous un Soleil couvert d'un nuage.

MIHI TOLLUNT NUBILA SOLEM.

c'est la devise qui fut faite pour Anne

Anne d'Autriche , l'an mil six cens quinze , lors que Louis le Iuste faisoit la guerre aux Rebelles) si les paroles di-je , ne conviennent, &c. Et bien , Monsieur , vous la voyez ; cette parenthese; & aſ-ſurément, ce ne ſera pas exage-rer de dire qu'elle eſt aſſez lon-gue , pour en faire trois ou qua-tre de bonne meſure.

Elle n'a pourtant pas plus d'é-tenduë , que celle de la page 252. *Ce qui nous charme ,* dit-il , *dans ces Tableaux excellens , dans ces Statuës preſques vivantes , (à qui il ne manque rien que la parole, ou plûtôt à qui la parole méme ne manque pas , ſi nous en croyons nos yeux.*

Pag 251. de la 1. edition: Pag. 340 de la 2.

MANCA IL PARLAR , DI VI-VO ALTRO NON CHIEDI,
NE MANCA QVESTO ANCOR,
S'A GLI OCCHI CREDI)

G

Ce qui nous charme dis-je, &c.

Je n'ay rien à vous dire sur cette parenthese,& vous n'avez qu'à la voir , & à la mesurer. C'est la derniere , que je vous marqueray , car je vous ennuirois de rapporter toutes les autres, qui sont dans son Livre, où l'on rencontre vingt-fois le mot *dis-je* ; avec lequel , il tâche de le corriger autant qu'il peut.

Pour ce qui est des grandes periodes , l'Auteur fait à leur égard la même chose , qu'à l'égard des longues parentheses ; Et aussi quand la parenthese est longue , la periode ne peut plus être courte. Il accuse ces *Solitaires* , de faire de grandes periodes ; mais il n'en rapporte point d'exemple ; & c'est ce qui étonne le monde, car on n'auroit pas crû qu'il

luy eût été impossible d'en
tirer quelques-unes de tant de
volumes qu'ils ont composez.
Il cite seulement la premiere periode de la Vie de Dom Barthe-
lemy des Martyrs, & ce n'est
pas un fort bon signe pour luy,
de ne l'avoir que citée, sans la
rapporter toute entiere.

Mais quoy qu'il en soit de
ces Auteurs, qu'ils fassent, ou
ne fassent pas de longues periodes, il est certain, au moins
que le nôtre en fait dans ses
Entretiens, & c'est ce qui est
assez rare, que des periodes
dans des Entretiens. Car qu'est-
ce qui oblige à cela ? rien ne
gesne, on est libre, on s'inter-
rompt quand on veut, & pourquoy donc faire de longues periodes ? Il en a fait neanmoins,
& ce qui est plaisant, il en a

fait dans l'endroit méme , où
il ſe raille de ceux à qui il reproche d'en faire.

Voyez , Monſieur , quelle
longueur. *Ils aiment* , dit-il,
les diſcours vaſtes , les longues pa-
rentheſes leur plaiſent beaucoup,
les grandes periodes , & ſur tout
celles qui par leur longueur exceſſi-
ve ſuffoquent ceux qui les liſent,
comme parle un Auteur Grec , ſont
tout à fait à leur gouſt.

Pag. 111.
de la 1.
edition.
Pag. 187.
de la 2.

Certes , s'il y eut jamais un
diſcours ſuffoquant , c'eſt celuy-cy , ou l'on diroit que l'Auteur veut parler Latin en François : car il y met le verbe à la
fin.

Quel embaras pour rien ! il
n'avoit qu'à dire, *Les grandes*
periodes ſont tout à fait à leur
gouſt , & ſur tout celles qui par leur
longueur exceſſive ſuffoquent ceux

qui les lisent, comme parle un Auteur Grec.

J'ay veu bien rire, de cette citation : car à quel propos cet Auteur Grec, & pourquoy le faire venir de si loin ? y a-t'il-là quelque chose qu'un François ne puisse dire ? *les longues perio-des suffoquent ceux qui les lisent!* n'est-ce pas une façon de parler, que tout le monde sçait? Il me semble que j'entens de ces gens, qui pour faire voir qu'ils lisent les grands Livres, ne manquent point, en parlant des choses les plus communes d'ajoûter toûjours, comme disoit autrefois Platon, & Aristote ; mais comme disoient aussi leurs Valets, & leurs Servantes; car tout le monde dit cela.

Nous voicy, Monsieur, aux exagerations & aux hyperbo-

G iij

les, que l'Auteur traite comme les parentheses & les periodes; il les condamne, & il en fait. Tout ce qu'il dit des qualitez de la Devise, n'est qu'une longue & hyperbolique exageration, témoin cét endroit où il s'écrie : *Bon Dieu ! que de beautez, que de choses ! j'y trouve l'Histoire naturelle, avec l'Histoire heroique, les beaux Arts & les belles langues, la Poësie, la Politique & la Morale.*

Page 440. de la 1. ed
Page 538. de la 2.

Cela veut dire, Monsieur, (en le reduisant à sa juste valeur) quelques endroits de toutes ces sciences; ceux qui sont les plus communs, & que tout le monde sçait, sans étre ny Historien, ny Philosophe, ny Orateur, ny Politique, ny fort sçavant dans les langues.

Voila , Monfieur , le fujet des exagerations & des hyperboles de nôtre Auteur.

Mais peut-être auffi qu'il les a faites fans y penfer : Car on diroit qu'il ne les connoît point , & qu'il ne fçait pas qu'une hyperbole eft une expreffion plus grande que le fujet qu'elle exprime. S'il le fçavoit, je doute qu'il eût appellé hyperboles des expreffions détachées de toutes fortes de fujets, comme celles de la page 136. 137. *Vne audace qui n'eut jamais de pareille. La plus grande & la plus puniffable de toutes les hardieffes. La plus étrange temerité & la plus groffiere ignorance qui fut jamais. La plus fanglante de toutes les invectives , & la plus fignalée de toutes les fourberies. Vn égaremênt prodigieux Vne ex-*

Pag. 136. & 137. de la 1. edition. Pag. 189 de la 2.

G iiij

tréme foiblesse d'esprit: Vn effroya-
ble excez de malice & de folie.

Vous étes je croy bien surpris
de voir que l'Auteur trouve à
redire à ces expressions : car enfin elles sont belles, pures, &
Françoises, s'il y en eut jamais.
Que si avec cela il prétend
qu'elles sont hyperboliques,
c'est à dire qu'elles sont plus
grandes que le sujet auquel
on les a appliquées ; c'est à
luy sans doute à rapporter ce
sujet ; & apres cela il ne faudra qu'un moment pour voir
si elles sont si démesurées.
Mais de prétendre que l'on
jugera de la proportion d'une
chose que l'on connoît avec
une autre que l'on ne connoît
pas ; s'imaginer que des gens
raisonnables croiront qu'il y a
de l'hyperbole dans une expres-

fion, fans rien fçavoir du fujet qu'elle exprime ; c'eft, dit-on, une plaifante imagination, & fur laquelle il y auroit bien des chofes à dire fans hyperbole.

Je n'examine point apres cela le Dictionnaire que l'Auteur fait de tous les mots qui ont cours depuis trante ou quarante ans. Car en un mot, tous ces mots qui occupent pres de trante pages ; ne font comme on dit, qu'une nouvelle methode pour faire des Livres en peu de temps & à peu de frais.

Je n'ay donc plus rien à vous dire fur le long Difcours de l'Auteur, finon qu'il le couronne par l'Eloge du Roy ; & j'avouë qu'il ne pouvoit mieux finir. Il n'a point de Critique à craindre en loüant comme il fait un fi grand Monarque ; &

toute l'Europe qui l'admire, fçait bien qu'avec toutes les Royales qualitez qu'il poffede, il a encore celle de parler parfaitement fa langue, & mieux que perfonne de fon Royaume; ce qui eft l'eloge des Scipions & des Cefars.

Que l'Auteur dife donc, & fans craindre d'en trop dire,

Pag. 154 de la 1. edition. Pag. 212 de la 2.
que *fi le Roy vouloit écrire fon Hiftoire, les Commentaires de Louis vaudroient bien ceux de Cefar.*

Pag. 155 de la 1. edition. Pag. 211 de la 2.
Qu'il dife, que comme *c'eft de luy que les Rois doivent apprendre à regner, c'eft auffi de luy que les peuples doivent apprendre à parler.*

Tout aplaudit à l'Auteur quand il parle de la forte; & j'y ajoûte feulement, (car l'eloge du Roy eft un ouvrage où l'on ajoûtera toûjours) j'y ajoûte que les peuples apre-

nant de luy à parler , doivent
auffi apprendre à vivre. Car
enfin tant d'heroïques tra-
vaux qu'il a foûtenus, tant de
glorieux deffeins qu'il a fait
reüffir , tant d'autres encore
qu'il conduit chaque jour à la
gloire ; ce grand poids du gouvernement qu'il porte feul &
fans Miniftre ; ces vaftes fon-
ctions de la Royauté, qu'il remplit avec une aplication fi continuelle & fi heureufe ; ne font-
ce pas les exemples du monde
les plus illuftres , par lefquels
il enfeïgne à fes Sujets à s'apli-
quer chacun à fon devoir ; & à
l'Auteur méme à ne fe pas dif-
penfer du fien , pour fe diffiper
dans des bagatelles fi peu conformes à fa profeffion , & fi peu
dignes d'étre placées dans un
méme difcours avec les loüan-

ges d'un grand Roy?

Je m'arrête, Monsieur, à la veuë de cette grandeur étonnante; elle me paroît comme une mer dont la prodigieuse étenduë que je voy, n'eſt rien en comparaiſon de celle que je ne ſçaurois voir. Je regarde de tous côtez, & ne découvrant point de bornes, je me trouve obligé de finir tout d'un coup de peur de ne finir jamais. Je ſuis, &c.

QVATRIEME LETTRE.

MONSIEUR,

On trouve de fort bonnes choſes dans le troiſiéme Entretien de nôtre Auteur. Il le nomme *le Secret* ; & c'eſt comme un petit Recüeil hiſtorique de tout ce qu'il y a de plus curieux ſur cette matiere. On y voit des diviſes , des mots politiques, des exemples de toutes ſortes ; le Sphinx Dieu de l'Enigme gravé ſur le cachet d'Auguſte; le mot de Loüis XI. Roy de France , *qui neſcit diſſimulare, neſcit regnare;* le mot de Metellus, de Pierre d'Arragon , & du Pape Martin IV. *Si ma chemiſe ſçavoit mon deſſein , je la brûlerois;* l'exemple des Juges de l'Areopage ; l'exemple des Senateurs Romains ; l'exemple de Scipion, d'Annibal, de Tibere, de Pompée qui se brûla le doit pour ne pas découvrir les secrets de la Republique ; l'exemple d'une femme d'Athenes qui se coupa la langue pour ne point dire ce qu'elle vouloit cacher ; l'exemple de la Republique de Venise dans la ligue faite contre Charles VIII. Roy de France ; l'histoire du rétablissement des Rois de Portugal en la personne du Duc de Bragance ; l'histoire du jeune Papyrius, qui trompa adroitement la curiosité de sa mere pour luy cacher la resolution du Senat.

On voit d'autre côté les exemples & les histoires con-

traires : l'Epitaphe d'une femme Espagnole qui parloit toûjours, & qui mourut n'ayant
plus rien à dire ; la plaisanterie
d'un valet dans Terence, qui
dit qu'il est percé de toutes
parts, & qu'il ne peut rien re-
tenir ; Pasquin avec un baillon
sur lequel est écrit, je creve,
io crepo. Outre cela il y a des
comparaisons, & des pensées
de Plutarque, de Valere Maxime, de Tacite, d'Aristote,
de Socrates, & de plusieurs autres differens auteurs, que l'on
trouve pourtant quand on veut
dans un méme livre.

Plenus rimarum sum, hac atque illac perfluo. Terent. in Eunuch.

Ainsi, Monsieur, toutes les
parties de cét ouvrage sont
excellentes, & des meilleurs
Maîtres de l'antiquité : De sorte qu'on ne sçait pas comment
il se peut faire que l'ouvrage

entier ne ſoit pas achevé. Cependant de quelque maniere
que cela ſe faſſe, les perſonnes
d'eſprit y trouvent bien des defauts, & méme dés la huitiéme
ligne; car il ſemble que l'Auteur ſoit deſtiné à commencer
toûjours par quelque faute.

Pag. 155.
de la 1.
edition.
Pag. 113.
de la 2.

*Vous voyez bien, mon cher Ari-
ſte, luy dit Eugene apres luy avoir
communiqué une affaire fort importante, que je ne m'ouvrirois pas
à vous comme je fais, ſi je n'étois
perſuadé qu'on ne riſque rien en
vous confiant un ſecret.*

Il falloit donc neceſſaire-
ment apres cela, que l'Auteur
des Entretiens fiſt de ſon Ariſte
un homme retenu, ſecret, &
fidele, juſqu'à pouvoir étre *vn
martyr de la fidelité*, comme il
dit en quelque endroit. Cependant il n'eſt rien de tout
cela

cela : ce ne font point là les qualitez que l'Auteur luy donne dans cét Entretien. Au contraire il en fait un homme qui eſt peu ſcrupuleux en matiere de ſecret, & qui a bien de la peine à comprendre qu'on ſoit obligé de le garder à qui ne nous le garde pas. *Comment, dit-il, ſi de vôtre confident, il eſt devenu vôtre ennemy, luy devez-vous une fidelité ſi exacte?* Et dans un autre endroit où Eugene ſoûtient qu'*il ne faut jamais dire à perſonne ce qui a été dit en confidence : Hé quoy!* interompt-il avec étonnement, *ne peut-on pas dire à un Amy intime toutce qu'on ſçait?*

Vous voyez, Monſieur combien Ariſte a de mêchantes opinions, ſur l'obligation de garder le ſecret, de ſorte qu'Eu-

H

gene eſt contraint de luy dire fortement. *Que nous ne ſommes pas maîtres des ſecrets d'autruy;*

Que ce ſont des depoſts, dont nous ne pouvous diſpoſer; Que ſi les Iuriſconſultes condamnent de larcin un homme, qui employe un dépoſt d'argent contre la volonté de la perſonne qui luy a mis entre les mains; on doit condamner d'infidelité, celuy qui découvre le ſecret d'un autre ſans ſa permißion; quoyque les gens à qui il le découvre, ſoient fideles. Ariſte eſt donc bien peu diſcret, puiſqu'il a beſoin qu'on luy diſe tant de choſes, pour luy apprendre à le devenir; & Eugene eſt bien imprudent de luy avoir communiqué une affaire importante, croyant qu'il ne riſquoit rien, lors qu'il riſquoit tout; car il connoît bien main-

tenant que son secret est en
danger d'aller d'ami en ami , &
de faire bien du chemin en peu
de temps. On ne peut point
diſſimuler apres cela , que les
fautes de ces deux perſonnages
ne faſſent un grand tort à l'Auteur ; car il ſemble qu'il ne
ſçache pas même ce que c'eſt
qu'eſtre honnéte homme ; puiſqu'ayant formé ſon Ariſte &
ſon Eugene , ſelon toute l'idée
qu'il a de l'honnêteté , il n'en a
fait que deux étourdis qui tom-
bent à tous moments en contradiction ; & il eſt certain que
c'eſt une des grandes fautes,
qu'on pouvoit faire dans un
diſcours , où il n'eſt parlé que
de retenuë & de prudence.

Dira-t-on pour le juſtifier,
qu'Ariſte eſt plus ſage, quand
il luy plaît ; & qu'au commen-

cement de cét Entretien, il fait paroître les plus beaux Sentimens du monde, touchant l'obligation inviolable de garder le secret.

Pag. 156. de la 1. edition. Pag. 156. de la 2.

Ie sçay bien, dit-il, *que c'est une action infame que de violer le secret d'un ami ;* & continuant sur ce principe, il dit tout ce qui se peut dire, jusqu'à condamner comme une *espece de sacrilege*, le manquement de foy dans le depost d'un secret. Mais enfin, ces beaux Sentimens d'Ariste, sont tellement contraires à ceux qu'il avoit tout à l'heure, qu'on ne peut pas s'imaginer qu'ils viennent d'un même esprit : & il semble que l'Auteur, qui les luy fait dire, ne les a ny conceûs, ny produits ; mais qu'il les a pris seulement, comme il les a

trouvez : fans fe mettre en peine d'autre chofe , que du ftyle.

On remarque bien ces grands
fentimens , & d'autant plus
qu'on les voit avec d'autres
qui ne le font pas ; mais à quoy
cela fert-il , dit-on , fi ce n'eft,
à montrer d'avantage la contradiction, & le peu de force
de l'Auteur , qui ne peut pas
foûtenir un méme caractere
pendant un difcours d'environ
quinze feüillets ?

On le trouve bien hardi apres
cela , d'attaquer luy feul la
moitié du monde , en décla-
mant comme il fait , contre
toutes les femmes.

Il femble , dit-il , qu'elles ayent pag 152.
de la 1.
toutes beû des eaux de ce Lac d'E- edit.
thiopie , dont Diodore de Sicile pag 218.
de la 2.
fait mention , qui trouble telle-
ment l'efprit de ceux qui en boi-

vent, qu'ils ne peuvent rien cacher
de ce qu'ils sçavent ; Car elles n'ont
pas la force de se taire ; & le silence leur est un fardeau insuppor-
table , pour user des termes du
Poete Grec. Dés qu'on leur a dit
un mot à l'oreille , elles ont une
furieuse demangeaison de causer ;
elles étouffent , elles crevent ; si
elles ne parlent. Mais elles n'ont
garde d'étouffer , ny de crever ;
il n'y en a pas une , qui ne se sou-
lage bien-tôt : les plus retenues ne
celent rien à leurs confidentes , &
chaque femme a la sienne.

Certes l'Auteur en dit beaucoup , & encore de la maniere
dont il le dit , on croiroit qu'il
en pense davantage. Mais enfin s'il luy semble , que toutes
les femmes ont bû de ces eaux,
qui font parler ; il semble aussi
à bien des gens , qu'Ariste-

en a bû avec elles , & leur a
fait raifon , puifqu'il veut comme l'on vient de voir , *qu'il foit
permis de tout dire à un amy.*

Mais on ne doit pas s'arrêter plus long-temps , à ces fortes de difcours generaux , qui
ne font jamais , ny entierement
faux , ny entierement vrays.
Il fuffit pour y répondre , de
dire qu'ils font toûjours tres-
injuftes , ne convenant point
à la plufpart des perfonnes que
l'on y comprend , & principalement quand ils font abfolus
& fans exception , comme celuy de l'Auteur contre les
femmes ; car il n'en excepte
perfonne, *pas les plus retenues ;
pas une* enfin Et il leur reproche à toutes d'avoir du
babil.

Croyez-vous, Monſieur, que ce mot ſoit du bel uſage, pour parler le langage de l'Auteur? Cela me fait reſſouvenir d'un Auteur grave, qui écrit dans un grand Livre, que les hommes ont bâti *la Tour de Babel,* & les femmes *la Tour de Babil.*

Nôtre Auteur enſuite rapporte, qu'une femme d'Athenes ſe coupa la langue avec les dents, & la cracha au viſage d'un Tyran, qui vouloit ſçavoir d'elle ce qu'elle ne vouloit pas dire; de ſorte qu'elle eut le courage d'ajoûter encore cette douleur volontaire aux geſnes & aux tortures, qu'elle ſouffroit avec une fermeté incroyable.

Il parle auſſi de la Statuë que les Atheniens dreſſerent à cette femme, pour étre un témoignage puge public & perpetuel de sa fidelité, & de sa constance ; & aprés avoir raconté cette Histoire si admirable , voicy le plaisant Commentaire qu'il y fait.

Cette femme , dit-il , *avoit raison de craindre que sa langue ne luy jouât un mauvais tour ; & elle fit sagement de s'en défaire.*

On voit bien que l'Auteur veut railler ; mais , Monsieur, qu'il entend mal la raillerie : la belle reflexion qu'il fait sur la generosité toute heroïque de cette femme , si digne des honneurs publics que les plus sages des hommes luy rendirent : le beau sentiment encore un coup, de dire sur cela *qu'elle avoit raison de craindre que sa langue ne luy jouât un mauvais tour.*

Serieusement , Monsieur, les

I

perfonnes raifonnables difent
que ce n'étoit point là un endroit à rire; & qu'on ne fçauroit faire un plus mauvais ufage de la raifon, que de rire
ainfi des chofes que l'on doit
admirer. Mais on trouve plai-
fant le confeil qu'il donne aux
» autres femmes, Toutes les au-
» tres, dit-il, ne feroient pas mal
» de fe couper la langue, pour
» étre fecrettes; encore ne fçay-
» je fi après cela il ne faudroit
» point s'en défier. Car je ne
» voudrois pas jurer qu'elles ne
» parlaffent fans langue. Je fuis
» feur au moins que fi les paroles
» leur manquoient, elles auroient
» recours aux fignes, pour faire
» entendre à tout le monde ce
» qu'elles ne pourroient pas dire.

Il femble que l'Auteur foit pi-
qué au jeu, & qu'il y ait icy plus

Page 161. de la 1. edi. Page 271. de la 2.

que de la raillerie. Car apres
tout, de la maniere qu'il s'explique, on diroit qu'il voudroit que
les femmes ne pûffent ny parler, ny faire des geftes; qu'elles
n'euffent ny langue ny mains.

Quoy qu'il en foit, Monfieur,
vous voyez ce que l'on dit de
cét endroit ; & vous pouvez
juger par là de plufieurs autres
qui luy reffemblent.

En voicy un qui ne luy reffem-
ble pas ; mais que l'on trouve
également defectueux par un
vice tout contraire : car dans
le precedent l'Auteur raille à
outrance, & dans celuy-cy il
eft ferieux jufqu'à l'excez.

Pour moy, dit-il, *je regarde les*
perfonnes fecrettes , comme de
grandes rivieres dont on ne voit
point le fond & qui ne font point
de bruit ; ou comme ces grandes fo-

pag. 161.
de la 1.
edition.
pag. 320.
de la 2.

I ij

rests dont le silence remplit l'ame de je ne sçay quelle horreur religieuse. I'ay pour elles la méme admiration qu'on a pour les Oracles qui ne se laissent jamais découvrir qu'apres l'évenement des choses; ou pour la Providence de Dieu dont la conduite est impenetrable à l'esprit humain.

Ce qu'on voit d'abord dans cette Periode, ce sont quatre comparaisons, par lesquelles un méme homme en méme temps ressemble aux Rivieres, aux Forêts, aux Oracles, & à la Providence. Il y a là trop de figures & trop d'embaras.

La premiere comparaison qui est celle des Rivieres, seroit assez bonne, si elle étoit seule; mais elle se gâte, étant avec les autres.

On dit que la seconde, qui est

cette *Religieufe horreur* , qu'on
a pour *le filence des bois* , eſt un
peu trop poëtique ; mais qu'elle eût été admirable au temps
que les Cheſnes ſervoient de
retraite aux Dieux , & qu'ils
étoient pour cela les objets de
la Religion des hommes.

La troiſiéme , qui eſt celle
des Oracles , eſt incompatible
avec la quatriéme , qui eſt la
Providence : Car comme les
Oracles dont parle l'Auteur &
qu'il diſtingue de la Providence , étoient des Demons qui
parloient dans des ſtatuës , &
qu'au contraire la Providence
divine eſt Dieu méme : il s'enſuit delà , que quand l'Auteur
dit en méme temps, qu'un homme ſecret reſſemble aux Oracles & à la Providence ; c'eſt
comme s'il diſoit, que cét hom-

homme eſt Dieu & Diable tout enſemble; & cela fait un aſſez plaiſant proverbe.

Cependant l'Auteur eſt icy le plus ſerieux & le plus froid du monde. *I'ay* , dit-il , *pour ces perſonnes la méme admira-tion que pour la Providence.* Il ne rit pas comme vous voiez, il admire ; & l'on ne peut pas nier que ſon admiration telle qu'il la repreſente , ne le ren-de coupable de l'une de ces deux erreurs ; ou d'admirer trop la Prudence humaine, ou de ne pas admirer aſſez la Providence divine.

Il étoit neanmoins bien aiſé d'éviter ces extremitez qui ſont ſi éloignées l'une de l'au-tre, & qui ont entr'elles un ſi grand milieu. Mais c'eſt là le genie de l'Auteur, de ne pou-

voir trouver de temperam-
ment ny de proportion. La
plûpart des choses qu'il dit sont
démesurées, & pour peu que
vous lisiez son Livre, vous y
trouverez cent endroits qui
sont encore plus que celuy-cy
hors de toute mesure & de toute proportion.

En voicy un d'une autre nature que l'on m'a fait encore
remarquer. *Il faut,* dit l'Auteur,
*qu'un secret non seulement meure
en nous, mais qu'il y pourrisse selon
le mot d'Euripide, qui pour se sau-
ver d'un reproche qu'on luy faisoit
que sa bouche sentoit mauvais, dit
un jour qu'il ne falloit pas s'en
étonner, parceque plusieurs secrets
y avoient-pourry.*

pag. 178.
de la 1.
edition
Pag. 245.
de la 2.

L'Auteur a voulu dire un
bon mot; mais le mot, (ce me
semble) n'est ny bon, ny beau,

I iiij

ny honnête, & n'a pas même
de fens. Car ou par la pouri-
ture du fecret, il entend une
mauvaife fenteur, comme dans
Euripide ; & alors fa pensée eft
tres-vilaine, & tres-fauffe : ou
il entend quelqu'autre chofe ;
& en ce cas on pourroit affeu-
rer qu'il ne fçait luy-même ce
qu'il entend. Ce n'eft pas
qu'Euripide n'eût raifon avec
fes fecrets pourris ; car il s'ex-
cufoit par-là d'un defaut, & on
s'excufe, comme on peut : mais
l'Auteur des Entretiens, ne devoit pas (dit-on) faire de cette
petite pointe une grande & generale maxime qui ne fignifie
rien, & à laquelle on ne fçait
quel nom donner.

Je me trouve encore arrêté
par ces deux mots, *Horace eft en*

cela de l'avis de Salomon. Je ne pag. 189. de la 1. edition. Pag. 257. de la 2. sçay, mais il me femble qu'il y a là quelque chofe de brufque qui n'y devroit pas être : non-pas , qu'on ne puiffe citer les Auteurs Prophanes , avec les Sacrés & Canoniques ; on le doit même en quelque ren-contre, afin de rendre ce que l'on dit , plus capable d'être perfuadé à toutes fortes de perfonnes; mais alors, il eft de la juftice & de la bienfeance , de marquer quelque difference entr'eux, & de ne pas dire bruf-quement , *Horace eft de l'avis de Salomon ;* car il me femble que c'eft vouloir égaler l'hy-fope aux plus hauts Cedres du Liban.

On n'auroit pas cru trouver tant de chofes à reprendre dans un difcours , dont l'Auteur n'a fait que rassembler les differentes parties, qu'il a empruntées des plus sçavans hommes : de sorte que c'est une chose assez surprenante, qu'il ait si mal fait, le peu qu'il avoit à faire. Cependant voicy encore un sujet de reprehension.

Pag. 185. de la 1. edition. Pag 152. de la 2.

L'usage du vin, dit-il, *étoit pour cela deffendu anciennement, aux Rois, & aux Magistrats. Si cette loy étoit encore en vigueur, il y a peu d'Allemans qui ne renonçassent de bon cœur à la Royauté & à la Magistrature.* A quel propos cela ? pourquoy attaquer si hors de sujet toute une nation, qui ne luy fait rien, & dont il ne s'agit point ? On dit assez librement que cela ne peut venir que d'un mauvais tour d'esprit, ou d'un grand

fond de froide raillerie, ou d'u-
ne extréme envie de parler, &
tout cela dans un difcours du
fecret & de la difcretion, ny
méme dans un autre, ne fait
pas un fort grand ornement;
non plus que cette queftion
par laquelle il demande , *fi un
Allemand peut étre bel efprit.*
Je vous affeure, Monfieur, que
cela a déplu à des perfonnes
bien fages, qui m'ont dit que
fi l'Auteur des Entretiens étoit
plus judicieux , il traiteroit
mieux des gens, qui ont une inclination particuliere pour les
lettres ; qui les allient avec les
armes ; qui ont trouvé des chofes admirables, dans les Arts,
& dans les Sciences : l'Artille-
rie, l'Imprimerie , le Compas
de proportion ; qui d'ailleurs
font la plûpart nos amis , nos

alliez, nos voiſins, & qui peuvent devenir François comme nous.

Il eſt vray, Monſieur, que l'Auteur devoit au moins avoir preveu cette derniere conſideration; car elle eſt ſi facile à comprendre, que je n'ay pas beſoin de vous l'expliquer; & cela ne doit point m'empêcher de finir icy. Je ſuis, &c.

CINQVIEME LETTRE.

MONSIEUR,

Il s'agit aujourd'huy du *bel Esprit*, qui eſt le quatriéme Entretien de nôtre Auteur, La premiere choſe, que j'y ay veu reprendre, c'eſt la complaiſance que l'Auteur s'y rend à luy-méme. Il y a plaiſir de le voir prendre un ſoin merveilleux à nommer toutes les qualités du bel Eſprit : la vivacité, le bon ſens, la force, la delicateſſe, la ſolidité, le brillant : & apres les avoir ainſi toutes nommées, ſe les appliquer à luy-méme, avec ces paroles ſi flateuſes que l'un de ſes perſonnages dit à l'autre : *Il ne ſe peut rien*

pag. 104.
de la 1.
edition.
pag. 178
de la 2.

voir de plus beau que l'idée, que vous avez du bel Esprit. J'ay pensé dire, qu'il ne se peut rien voir de plus beau que vôtre portrait; car on diroit que vous vous étes peint vous-méme. dans le tableau que vous venez de faire, tant il vous ressemble.

Pour moy, Monsieur, je ne pûs alors m'empécher de dire à la personne qui faisoit ce raisonnement, qu'il ne me paroissoit pas juste, & que je ne pensois pas que la consequence fût bonne, d'accuser par exemple un Poëte d'avarice, ou de lascheté, parce qu'il fait parler sur son Theâtre, un avare, ou un lâche. Il y a une grande difference, me repondit-il, entre vôtre exemple, & le sujet, auquel vous l'appliquez. On sçait bien qu'un

Poëte ne parle pas toûjours
selon ses propres sentimens,
& que souvent au contraire, il
est obligé de les quitter, pour
entrer autant qu'il peut dans
les sentimens des pesonnes
qu'il represente: Mais icy l'Auteur ne represente personne
que luy-méme ; il est tout
ensemble Ariste & Eugene ;
c'est pour cela qu'il les dépeint
comme deux hommes fort hon-
nétes & fort raisonnables, &
à qui par consequent il ne fait
rien dire qu'il n'approuve luy-
méme comme étant confor-
me à la raison & à l'honnéteté.
On se tromperoit donc à plaisir, continua-t'il, si l'on ne vouloit pas appliquer à la personne
de l'Auteur , ce que ses deux
personnages disent l'un de l'autre ; car assurément, c'est luy

qui flatte dans Eugene, c'eſt luy qui eſt flatté dans Ariſte , & je ne voy rien de plus ſenſible dans tout ſon Livre.

Voila , Monſieur , de quelle ſorte , on répondit à mon ob-jection ; c'eſt à vous mainte-nant d'en juger : mais ce qu'il y a de certain , c'eſt qu'en effet Ariſte & Eugene ſont un peu flateurs ; & vous ne devez pas vous étonner apres cela , s'ils diſent plus de mots que de choſes.

C'eſt un deffaut , qui ſe re-prend dans tout cet Entretien. Il y a , dit-on , trop de paroles, & trop peu de ſens. On ne ſçait quelquefois en quoy il met la veritable beauté d'eſ-prit , & il ſemble qu'en plu-ſieurs endroits , il ne la diſtin-gue point d'un certain agrée-ment

ment, qui eſt tout exterieur, &
qui couvre ſouvent de grands
deffauts , & d'extrémes foi-
bleſſes.

Il parle long-temps , de ce
qui fait la difference des Eſprits; mais ſur cela il eſt bien
plus aiſé de dire, ce que ce n'eſt
pas, que de dire; ce que c'eſt.
Car cette difference des Eſprits, depend de l'union de l'a-
me , avec le corps ; & cette
union , eſt un myſtere , pour
nous , où nous ne pouvons rien
comprendre , ſinon qu'il eſt in-
comprehenſible.

Quand d'un côté nous voyons
que nôtre corps eſt une matiere , & que d'autre côté nous
connoiſſons que nôtre ame,
qui penſe, n'en peut pas être
une ; alors comprenant ainſi la
diſtinction de ces deux étres,

K

fi differens , nous ne pouvons plus connoître leur union. Mais apres tout, cette ignorance eſt heureuſe, puiſqu'elle nous découvre deux veritez bien plus grandes que celle qu'elle nous cache. Car elle nous fait connoître que nôtre ame eſt immaterielle , & que c'eſt Dieu qui l'unit à nôtre corps; étant certain que cette inconcevable union entre deux choſes fi diſproportionnées , ne peut étre faite , que par celuy qui trouve aſſez de proportion entre l'étre & le neant , pour avoir tiré l'un de l'autre.

Mais voyons ce qu'en dit nôtre Auteur , qui rapporte ſur cela pluſieurs opinions, & entr'autres, une penſée du Docteur Abaillard, qu'il appelle

le Docteur amoureux. Voicy Page 110 de la 1. edition. Page 185. de la 2.
comme il s'y prend. *Sa chere*
Heloïse , dit-il, *luy fit un jour*
la question. Cette Heloïse,
comme vous sçavez , étoit ai_
mée du Docteur Abaillard , &
le secret de leurs amours ayant
été découvert par une grossef_
se qui parut malgré eux , ce fut
un scandale public qui dura
long-temps. Or il me semble
qu'apres cela , on peut dire
sans faire trop le scrupuleux,
que l'Auteur des Entretiens,
ne marque pas assez un amour
illegitime , en ne luy donnant
qu'un nom de tendresse, com_
me quand il dit , *le Docteur*
Abaillard , & sa chere Heloïse;
cela est un peu trop cavalier,
pour un homme qui ne le doit
pas étre. J'aurois mieux aimé
ne parler que de luy , sans rien

dire d'elle il n'y auroit point eu de mal de feparer ce que Dieu n'avoit point uny ; & auſſi bien ne fert-il de rien de nommer icy *Heloïſe*, pour ſçavoir les ſentimens d'*Abaillard*.

Le voicy tel que l'Auteur le raporte : *Il répondit que tous les hommes avoient un miroir dans la teſte ; & ſa réponſe étoit fondée ſur les paroles de S. Paul, qui portent, que nous voyons par un miroir en cette vie. Mais il adjoûte, que les eſprits groſſiers avoient un miroir tout terny ; & que les eſprits ſubtils en avoient un fort éclatant & fort net, qui leur repreſentoit diſtinctement les objets. Il vouloit dire,* ajoûte-il*, que la bile mélée avec le ſang, formoit dans le cerveau une eſpece de glace polie & luiſante, à laquelle la melancolie ſervoit comme de fond.*

Cette pensée a bien fait rire nôtre amy le Philosophe. En verité , me disoit-il , voila qui est beau ; voila une belle glace de miroir , & qui represente bien naturellement un homme qui ne sçait ce qu'il dit ｜ Qu'est-ce que tout cela ? & que l'Anatomiste a jamais trouvé dans le cerveau ce miroir dont l'Auteur parle?

Encore pour celuy dont parle le Docteur Abaillard , qui ne dit point ce que c'est ; on peut croire qu'il n'a entendu qu'un miroir metaphorique , & qu'il n'a voulu faire qu'une comparaison bonne ou mauvaise : Mais pour l'Auteur, qui en quitant la metaphore veut expliquer la composition physique de ce merveilleux miroir, & qui dit serieusement que la

bile, le fang & la mélancolie
fe mélant enfemble , forment
une glace polie & luifante ; il
faut avoüer que c'eſt un gali-
matias auſſi pompeux que jamais on en ait vû parétre.

Il faut avoir l'imagination
bien forte pour ſe figurer ainſi,
qu'il y a dans la teſte une glace
luifante, où l'ame voit tout ce
qu'elle ſent. Car qui ne ſçait
que le ſentiment eſt excité en
nous , non point par des images
& des peintures , puiſque les
odeurs, les goûts , les ſons que
nous ſentons , n'ont point de
couleur , & ne peuvent étre
peints ; mais par l'ébranlement
des nerfs qui ſervent aux differens organes des ſens ? Je m'é-
tonne (difoit-il) que l'Auteur
qui ſe flatte tant & qui ſe cha-
toüille luy-même , n'ait point

obſervé que pour peu que le
corps ſoit touché , il ſe fait auſ-
ſi-tôt un ſentiment dans l'ame;
car c'eſt une experience continuelle , & de laquelle on ne
peut pas douter.

Il eſt vray qu'on ne ſçait
point comment cela ſe fait;
mais l'on ſçait au moins que cela ſe fait ; & l'on ſçait méme
pourquoy on ne peut pas en
ſçavoir davantage, puiſque c'eſt
à cauſe de la difference qui eſt
entre l'ame & le corps : Car
cette difference eſt ſi grande &
ſi extréme , qu'on ne peut concevoir comment cette ame qui
penſe , peut avoir un ſi juſte
rapport avec ce corps qui eſt
incapable de penſer. Ainſi cette ignorance méme eſt tres-
raiſonnable & tres-convenable
à la nature de l'eſprit humain:

Mais de dire au contraire qu'il y a dans le cerveau une glace luisante, composée de bile, de sang & de mélancolie, dans laquelle on voit les choses invisibles ; c'est raisonner contre toutes sortes de raisons & d'experiences.

Voilà, Monsieur, le sentiment de nôtre amy sur cet endroit, où l'Auteur cite l'Ecriture Sainte, *Videmus per speculum, & in ænigmate* ; Il a raison, me disoit-il, & le miroir dont il parle est étrangement enigmatique.

Il faut neanmois avoüer, & j'ay du plaisir d'y être obligé, qu'il y a de bons endroits dans les discours dont il s'agit. Il y a des descriptions bien faites, des caractères particuliers bien touchez, des comparaisons bien justes;

suftes ; mais tout cela comme à l'ordinaire eft mélé de ces fortes de fautes qui 'auroient befoin d'un peu de bon fens.

Par exemple, quand il parle de ces gens qui font les beaux efprits & ne le font pas ; il dit que *leurs titres ne font pas meilleurs que ceux des faux nobles;* *Que le nom qu'ils portent eft un nom en l'air qui n'eft foûtenu de rien; Qu'ils ont la reputation de bel efprit, fans en avoir le merite ny le caractere.*

Pag. 19 a. de la 1. edition. Pag. 26 1. de la 2.

Vous voyez, Monfieur, combien il eftime le caractere de bel efprit, en l'oppofant à la fauffe reputation du bel efprit; Et cependant tout d'un coup au premier mot qui fuit: *C'eft*, dit-il, *un caractere fort ridicule que celuy de bel efprit.*

L

Ah que j'ay veu de gens rire de bon cœur en cét endroit! Voilà, disoient-ils ; ce qu'on appelle faire des contradictions ; & il faut avoüer que les autres auteurs n'y entendent rien en comparaison de celuy-cy. Il y en a qui en font dans leurs escrits ; mais on a de la peine à les trouver , & il faut quelquesfois pour cela tout lire d'un bout à l'autre , au lieu qu'icy ce font deux extremitez qui se touchent , & que d'une ligne à l'autre sans aller plus loin , l'Auteur dit pleinement & fermement des choses qui font toutes contraires. C'est aussi comme il faut faire , ou ne s'en pas méler ; & il y a plaisir de voir ainsi de belles & claires contradictions qui font rire & qui réjoüissent.

En voicy une qui eſt de la
méme force : c'eſt en parlant
de l'obſcurité qui ſe trouve
quelquesfois dans les grands
Genies : *Gratian*, dit-il, *eſt par-* Pag. 105.
my les Eſpagnols modernes un de de la 1.
edirion.
ces grands Genies incomprehenſi- Pag. 276
bles, il a beaucoup d'élevation , de de la 2.
ſubtilité , de force , & méme de
bon ſens ; mais on ne ſçait le plus
ſouvent ce qu'il veut dire , & il ne
le ſçait peut-étre pas luy-méme.
Comprenez-vous bien cela,
Monſieur ? Un homme qui a
l'eſprit ſubtil , élevé, fort , de
bons ſens, & qui le plus ſouvent ne ſçait luy même ce qu'il
dit. Pour moy il me ſemble
que j'entens ſoûtenir poſitive-
ment, qu'un homme a du bon
ſens & qu'il n'en a point ; car
enfin , qu'eſt-ce qu'avoir du
bons ſens , ſi ce n'eſt bien pen-

ser, bien juger, bien raisonner, & au moins s'entendre soy-méme, si l'on ne peut pas se faire entendre aux autres?

Mais une chose dans ce discours qui déplaît à tous ceux qui y prennent garde ; c'est l'endroit où l'Auteur crie aux voleurs contre ceux qui pillent les livres, apres que luy-méme les a pillez comme vous avez veu.

Pag. 100. de la 1. edition. Pag. 172. de la 2.

Sur tout, dit-il, *un bel Esprit* (vous sçavez qu'il pretend l'être) *ne s'apropriepoint les pensées des autres; & cependant*, continuë-t'il, *c'est ce que font la plûpart de nos beaux Esprits. Le païs des belles Lettres est plein de larons; & Mercure qui preside aux Arts & aux Sciences, n'est pas sans raison le Dieu des voleurs, comme a remarqué ingenieusement Bartoli*

dans son HVOMO DI LITTERE.
Car en blâmant ceux qui volent les pensées d'autruy, je n'ay garde, dit-il, *de voler celle-là à son Auteur.*

En effet, Monsieur, il est fort scrupuleux sur cette matiere. Il fait conscience de prendre à un auteur Italien une petite pensée qui n'est guere plus à cét Italien qu'à tout le monde, à qui elle vient presque sans y penser : & cependant il ne fait nulle difficulté de voler à des François, qui sont de son siecle & même de son âge ; non pas de simples pensées sans suitte, mais des raisonnemens, des pages, des chapitres, des ouvrages entiers ; & sans considerer combien ces choses ont coûté de temps, de meditations, de lectures, il enleve tout en un moment ; & il vous pille un ou-

vrage sans y laisser que le nom
de l'auteur.

Vous vous souvenez de Pasquier & de l'auteur des Avantages de la langue Françoise;
vous avez veu de quelle sorte
il les a traitez; car & les pensées & les mots tout luy a paru
de bonne prise, & je ne croy
pas que l'irruption qu'il a faite
chez ces deux auteurs ait jamais eu d'exemple dans tout le
païs des belles Lettres, pour
parler son langage.

En verité un homme qui agit
de cette sorte devoit mieux penser à ce qu'il dit · & 'au lieu de
condamner si absolument ceux
qui volent les auteurs, il auroit
eu meilleure grace de tâcher à
les excuser par quelque raison.
Il auroit pû dire, ou que les auteurs étant publics ils apartien-

nent à quiconque les veut
avoir ; ou que ceux qui ont
écrit devant nous étant comme nos peres, & nous comme
leurs enfans, il nous est permis
de joüir du fruit de leurs étu-
des, comme de nôtre propre
heritage, ou enfin quelqu'autre
chose qui luy serviroit maintenant pour donner quelque pretexte à ce qu'il a fait. Mais certainement il n'est rien de plus
inexcusable, ny qui se démen-
te davantage que de traiter
avec tant de raillerie ceux qui
dérobent les Auteurs, & les
dérober en méme temps d'une
maniere si digne de mépris.
Car encore s'il n'avoit pris qu'à
des étrangers, il auroit pû se
cacher plus aisément ; & peut-
étre que le changement de lieu,
d'air, & de langage, eût fait

passer la chose pour un commerce legitime. Mais de prendre à des auteurs François, des
ouvrages entiers, où tout le
monde reconnoît visiblement
les marques de ceux à qui ils ap-
partiennent ; c'est ce qu'on appelle voler les auteurs sur les
grands chemins : & je ne sçay
point comment il s'en voudra
justifier : si ce n'est qu'il dise,
que de les copier presque mot
à mot, comme il a fait, ce
n'est pas les dérober, mais les
citer tacitement, & sans nommer personne.

Si jamais il se sert de cette
jolie distinction, nous le ver-
rons : mais cependant je croy
que vous avoüerez, qu'en matiere de livres, une des plus de-
plaisantes choses qu'on puisse
voir, c'est un homme qui décla-

me contre les ecrivains plagiai-
res, & qui eſt luy-méme le plus
plagiaire de tous les ecrivains.

Mais c'eſt encore quelque
choſe d'aſſez mal-à-propos,
à ce qu'on dit, que la ſatire
d'Eugene, contre les femmes.
Il la commence en s'êcriant,
je ne penſois pas qu'une femme Pag. 233 de la 1. edition. Pag. 315. de la 2.
pût-étre bel eſprit. Et d'où vient
donc cét honnéte homme qui
ne connoît point tant d'Illuſtres femmes qui ont paru
dans tous les ſiecles ? Ariſte
même luy en nomme pluſieurs,
& entr'autres ; *La celebre Sapho,* Pag. 234 de la 1. edition. Pag. 317. de la 2.
la vertueuſe Cornelie mere des
Gracques ; la ſage & ſçavante Ar-
themiſe, Mademoiſelle de Gournay,
Mademoiſelle de Scurmant, &
tant d'autres qui ont été l'ornement
de leur pais, & de leur ſiecle, ſans
parler de celles qui vivent encore.

Eſt-il poſſible qu'Eugene ne ſçache rien de tout cela, & qu'a-t-il donc fait du caractere, des belles qualités, que l'Auteur luy a données ? comment eſt-il devenu tout d'un coup ſi peu civil, & ſi injurieux ? car il appelle toutes les femmes

Pag. 233. de la 1. edition. Pag. 316. de la 2.

foibles, legeres, indiſcrettes, timides, impatientes, babillardes, & en un mot, dit-il, *il n'eſt rien de plus mince ny de plus borné, que l'eſprit d'une femme* Je ne m'arête pas à refuter ce diſcours d'Eugene, puiſqu'Ariſte le refute aſſez, en nommant tant d'Illuſtres femmes, qui ont été l'admiration des hommes.

On peut dire ſeulement, que ces diſcours generaux, tantôt contre des nations entieres, tantôt contre la moitié du monde ; ſont toûjours injurieux à un tres-grand nombre de perſonnes, à qui ils ne conviennent point. Mais ſur tout ces diſputes publiques, d'un ſexe avec l'autre, ne ſçauroient jamais étre raiſonnables ; parce que chacun s'y fait juge dans une cauſe où il eſt partie.

On ne voit pas auſſi, que ces hommes qui ſe vantent le plus des avantages de leur ſexe, ſoient ceux qui luy font plus d'honneur, ny qui le rendent preferable à l'autre : & en un mot, quelque difference que l'on s'imagine icy, & quelque objection que l'on faſſe, il n'y a rien au monde, qui reſſemble mieux à un homme qu'une femme.

C'eſt dans ce méme diſcours que l'Auteur demande, *ſi un Allemand peut étre bel* Voyez la table de la 1.edit.

esprit. Je ne pense pas qu'on se fût encore avisé de douter de cette possibilité ; & apparemment l'Auteur est le premier, qui ait fait cette question. Il y repond en disant : que *c'est comme un prodige qu'un Allemand fort spirituel ;* & il cite sur cela, le Cardinal du Perron, *qui dit un jour en parlant du Iesuite* GRETZER, *il a bien de l'esprit pour un Allemand.* Il y a en marge, *Peroniana :* & en effet, on y trouve ce que l'Auteur raporte, & quelque chose encore de plus curieux ; Mais de tout cela, il ne s'ensuit point qu'il fallut aller jusqu'à mettre en question, si un Allemand peut être bel esprit ; & c'est le moyen de se faire dire bien des injures en Allemand.

pag. 221. de la 1. edition. pag. 101. de la 2.

Peroniana. Voyez la page 252.

J'oubliois un endroit aſſez remarquable , où l'Auteur dit : *je ne puis croire que des eſprits, qui tiennent plus de l'ange que de l'homme , doivent tout ce qu'ils font , &c* Il parle de l'eſprit humain , & il eſt aiſé de voir qu'il ſe broüille ; car il n'eſt point vray, que l'eſprit humain qui fait preſque tout l'homme tienne plus de l'ange , que de l'homme ; mais ce qu'on peut, & ce qu'on doit dire , c'eſt que l'eſprit humain tient plus de la nature angelique que de la corporelle dont il ne tient rien ; & qu'enfin l'homme, par ſon eſprit , eſt ſemblable à l'ange : c'étoit auſſi la penſée, & l'intention de l'Auteur, mais il l'a mal expliquée , & n'a ſçû ſe faire entendre. On ne doit pas neanmoins s'en étonner,

Pag. 108. de la 1. edition. Pag. 282. de la 2.

puifqu'il affeure qu'il y a *de grands genies qui ont beaucoup d'élevation, de fubtilité, de force, & même de bon fens, & qui avec tout cela ne fçavent le plus fouvent ce qu'ils veulent dire.* De tels genies font fans doute admirables, & je vous les laiffe confiderer, autant qu'il vous plaira. Je fuis, &c.

SIXIE'ME LETTRE.

MONSIEUR,

Vous verrez que le cinquié-me Entretien de nôtre Auteur, est d'un dessein tout nouveau. Il l'appelle *le je ne sçay quoy* ; & l'on dit aussi , qu'il y parle, je ne sçay comment. C'est une repetition continuelle où l'on ne trouve presque autres cho-ses, que ces mots : *impression se-crete , sympathie , ascendant , pen-chant , instinct , inclination , air, charme , agrément.* Ils y sont en prose, en vers , en François, en Espagnol, en Italien , & re-viennent de temps en temps, comme si ce discours étoit une espece de Rondeau en trois langues, prose & vers.

Il semble, dit-on, que l'Auteur ait voulu écrire comme les autres chantent, & qu'il ait eu dessein d'imiter ces pieces de musique, où l'on repete tant de fois les mémes paroles.

Ce n'est pas qu'il n'ait dit du *Ie ne sçay quoy*, tout ce qui s'en peut dire ; mais on voudroit qu'il se fût contenté de l'avoir dit : & qu'il n'eût pas repeté si souvent, ny fait tant d'efforts pour porter un sujet plus loin qu'il ne peut aller.

Voicy comme il commence. *Il faut avouer, mon cher Eugene,* dit-il, *qu'il y a peu d'amis comme nous, qui soient eternellement ensemble sans se lasser l'un de l'autre.* Ce n'est pourtant que la cinquiéme fois qu'ils se voyent, & encore apres une longue separation, & dans un païs étranger, ou les

Pag. 217. de la 1. edition. Pag. 120. de la 2.

ou les moins amis font toûjours
enfemble : Neanmoins il prend
cela pour un prodige d'amitié,
& il fe perd dans une eternité
de cinq jours.

Cela eft tout-à fait à remar-
quer, parce que les commence-
mens de chaque difcours font
prefque les feuls endroits de
tout le livre qui viennent de
l'Auteur. C'eft luy qui les a
imaginez , tournez , difpofez
comme on les voit : au lieu que
les autres ne font le plus fouvent que des lectures & des collections. Cependant on a obfer-
vé que jufqu'icy il n'a pas commencé une feule fois raifonnablement , & que la premiere
chofe qu'il fait, c'eft toûjours
une chofe qui ne s'accorde pas
avec le bon fens.

Il ne comprend pas qu'une
M

amitié fans amour puiſſe plaire

Pag. 156. de la 1. edition. Pag. 320. de la 2. ou l'on a retran- ché ces mots; ou l'a- mour n'a point de part.

fi longtemps; *Les converſations particulieres*, dit-il, *où l'amour n'a point de part, fatiguent preſque toûjours.* La propofition eſt fans doute un peu trop generale; & quoy qu'il s'imagine, il y a de veritables amis qui ne ſont point fatiguez de ſe voir, & qui au contraire ne s'ennuyent que de ne ſe pas voir aſſez. Il n'eſt point vray non plus, ne luy en déplaiſe : *Que quelque*

Pag. 218. de la 1. edition. Pag. 320 de la 2.

eſtime & quelque affection que l'on ait pour un homme, on ſent diminuer par là les ſentimens que ſon merite avoit fait naître: au contraire, quand l'amitié eſt veritable & vertueuſe, elle ſe fortifie par le temps & par l'habitude.

Certes, quand je fais refle- xion ſur ce diſcours de l'Auteur, j'entens bien qu'il dit ce qu'il penſe ; mais je doute s'il penſe à ce qu'il dit. Quoy qu'il en ſoit ; ſes paroles ſignifient bien des choſes, & font bien voir qu'il eſt tout-à-fait incapable d'une vraye amitié ; puis qu'ayant paſſé quelques heures de converſation avec un amy pendant quatre jours ſeulement *Ilfaut*, s'écrie-il au cinquiéme, *il faut que nous ſoyons faits l'un pour l'autre, & qu'il y ait une étrange ſympathie entre nos eſprits.* Étrange aſſeurêment ; puis qu'elle oblige deux François qui ſe rencontrent dans un païs étranger où ils ne connoiſſent perſonne, à ſe voir pendant quelques jours, & à parler enſemble pour ſe deſennuyer.

Enſuitte de cette *étrange ſympathie*, il vient à parler du *je ne*

Pag. 2, 8. de la 1. edition Pag. 311. de la 2.

M ij

ſçay quoy ; & dés que le premier
mot eſt dit , il ne ceſſe point à
force de repetitions & de penſées fauſſes , de tâcher à faire
quelque choſe qui ſoit auſſi
long qu'un diſcours ; & qu'on
puiſſe appeller en quelque ſorte un diſcours.

 Il s'imagine qu'il a fait mer-
veilles avec ſon *Ie ne ſçay quoy.*
Car il eſt vray , dit-il , *que le je ne*
ſçay quoy eſt peut-étre la ſeule ma-
tiere ſur laquelle on n'a point fait
de Livres, & que les Doctes n'ont
point pris la peine d'éclaircir.
Mais que veut-il dire quand il
parle de faire dés livres ſur *le*
Ie ne ſçay quoy , & de l'éclaircir ? Car s'il entend par *le Ie ne*
ſçay quoy , quelque choſe dans
la nature qui puiſſe avoir un
autre nom ; comme le vent,
l'aimant, les influences du ciel,

Pag. 256.
de la 1.
edition.
Pag. 144.
de la 2.

la lumiere & d'autres chofes
qu'il appelle luy-méme des *Ie*
ne fçay quoy; en ce cas fa penfée
eft fauffe, puifque nous avons
des livres fur toutes ces chofes.

Que fi au contraire il entend
un *Ie ne fçay quoy* en general, feparé de tout fujet, alors
fa penfée fe detruit elle méme:
car comment voudroit-il que
les Doctes euffent pris la peine
d'éclaircir un *Ie ne fçay quoy* de
cette forte, puis que luy-méme
foûtient pofitivement que *ce*
ne feroit plus un je ne fçay quoy,
fi l'on fçavoit ce que c'eft; & que
fa nature eft d'être incomprehenfi-
ble & inexplicable. C'eft donc
comme s'il difoit, que les Doctes n'ont pas encore pris la
peine de rendre la nuit auffi
claire que le jour, & le neant
auffi réel que l'etre.

Pag. 219.
de la 1.
edition:
Pag. 3 2.
de la 2.

Mais d'ailleurs écrire & traiter de ce je ne sçay quoy, c'est
ne sçavoir dequoy l'on écrit,
ny dequoy l'on traite · Il n'y a
donc pas lieu de s'étonner si
les Doctes n'ont point encore
fait des livres sur cela ; & si
l'Auteur des Entretiens est
le premier qui se soit avisé d'en
faire.

C'est aussi ce qui le charme,
d'avoir écrit le premier tant
de paroles sur si peu de choses,
sur le *Ie ne sçay quoy*, que les
Doctes n'avoient pas encore
entrepris d'éclaircir. Je ne veux
point troubler la satisfaction
qu'il y trouve ; mais il est certain que de faire comme il a
fait trente ou quarante pages
sur un sujet qui n'en peut rai-
sonnablement tenir qu'une de-
mie ; c'est dire bien des choses

hors de sujet. Et aussi apres la premiere page, toutes les autres ne disent plus rien de nouveau : elles ajoûtent à la lettre & n'ajoûtent rien au sens. Il a beau tourner *le Ie ne sçay quoy* de tous côtés ; on ne le voit pas mieux de l'un que de l'autre, & c'est toûjours la mé-me chose. Il ne laisse pas de dire qu'il y a des *Ie ne sçay quoy* de diverses façons , *de beaux , de laids , de méchans , de singuliers , d'universels ;* & comme un Regent en Je ne sçay quoy, il le conduit par tous les genres, les nombres & les cas. Mais apres tout ce n'est là que mettre des mots les uns aupres des autres. Il est vray que le discours se remplit par ce moyen , mais l'esprit demeure toûjours vuide ; & ce n'est pas là , ce me semble, un grand sujet de s'aimer ny de s'estimer davantage.

Il n'est rien au contraire, de plus méprisable que ce débordement de discours, & si l'Auteur des Entretiens le prend pour une facilité de parler, il se trompe : car ce n'est veritablement qu'une impuissance de se taire, l'un des plus grands defauts de l'esprit ; & qui ne peut étre mieux comparé qu'à un homme qui seroit tombé dans la riviere. Car il est vray qu'un esprit qui a ce defaut, se trouble, s'agite, se tourmente, se jette à tout ce qu'il rencontre, & fait autant d'efforts pour ne point se taire, qu'un homme tombé dans l'eau en seroit pour ne se pas noyer.

On

On voit cela dans l'Entretien dont il s'agit. Car apres que l'Auteur y a dit en vingt ou trente façons, que dans chaque chofe, le Je ne fçay quoy, eft-ce qu'on ne fçait point, comme en effet c'eft tout ce qu'on en peut dire; luy qui en veut dire plus qu'on ne peut, fe prend à toutes les chofes où il y a du Je ne fçay quoy: *beauté*, *laideur*, *fanté*, *maladie*, *profe*, *vers*, tout enfin, fans choix, fans difcernement, fans égard, & comme un homme qui fe noye.

Car quel égard par exemple, a t'il eu, à la retenuë, & à la modeftie que demande fa profeffion, quand il dépeint un *Ieune homme fort aymable* avec la même tendreffe qu'une Bergere feroit le portrait de fon Berger?

N

Sur tout il avoit une grace,
Vn Ie ne sçay quoy qui surpasse
De l'Amour les plus doux apas,
Vn ris qui ne se peut décrire,
Vn air que les autres n'ont pas,
Quel'on voit, & qu'on ne peut
dire.

Page 241. de la 1 ed. pag. 326 de la 2. Où l'on a retranché ces mots. Vn jeune homme, fort aimable.

Mais êcoutez le reste, s'il vous plaît. *L'Esprit humain,* dit-il, *qui connoît ce qu'il y a de plus spirituel dans l'Ange, & de plus divin dans Dieu, ne connoît pas cequ'il y a de charmant dans un objet qui luy touche le cœur.*

Je voudrois, Monsieur, que vous eussiez oüy comme moy des personnes de pieté, dire contre cette pensée, tout ce que le zele de la Religion leur inspiroit ; Car je ne sçaurois jamais vous le dire de la méme sorte ; C'est pourquoy l'Auteur fera s'il veut luy-même fon examen de confcience , & je ne vous parleray icy des chofes , que felon la raifon & le fens commun.

Serieufement , cet homme eft-il raifonnable , de dire que l'efprit humain connoît ce qu'*il y a de plus divin dans Dieu ?* comme s'il y avoit du plus & du moins , où tout eft infiny.

Il répondra que c'eft une façon de parler; par laquelle il a voulu marquer une connoiffance intime , une penetration , une comprehenfion. Et c'eft en quoy il fe contredit davantage ; Car comment l'efprit humain pourroit - il penetrer Dieu , & le comprendre; puis que la premiere chofe qu'il

en peut connoître, c'eſt que
Dieu eſt eſſentiellement impenetrable & incomprehenſi-
ble?

Mais ce ne ſont pas là des
choſes qu'il ſoit neceſſaire de
dire ; il ne faut qu'avertir l'Auteur de les lire dans ſon propre cœur ; d'y conſulter la lumiere naturelle, & de ſe re-
mettre dans les premiers principes de la raiſon. Aprés cela
il verra bien de luy-méme
qu'il a tort d'avoir écrit & imprimé, ſans y penſer, que l'eſprit humain connoît ce qu'il
y a de plus ſpirituel dans l'Ange, & de plus divin dans
Dieu.

Pour ce qui eſt de ce *Ie
ne ſçay quoy dans un objet charmant qui touche le cœur.* Je ne
croy pas qu'il ait raiſon d'en

faire un si grand mystere ; & cét agrément dont l'idée se forme dans l'esprit par les sens, n'est pas si difficile à connoître qu'il se l'imagine. Que si on l'appelle un *Ie ne sçay quoy*, c'est plûtôt faute de paroles , que faute de connoissance ; comme il nous arrive souvent de ne pouvoir expliquer les choses que nous sçavons le mieux. Par exemple, qu'y a - il de plus connu à nôtre esprit que la pensée, l'estre, le mouvement? Nous en avons des idées claires & distinctes, qui sont les principes de toute la certitude humaine : & cependant si l'on nous demande ce que c'est, nous ne pouvons dire alors ce que nous sentons ; Nous avons des pensées, mais les paroles nous manquent. Or c'est à peu

prés la méme chofe de cét
agrément qui touche le cœur,
& qu'on appelle un Je ne fçay
quoy ; car il eft certain que lors
qu'on en eft touché on en a une
idée vive , diftincte & qu'on
ne confond point avec aucune
autre. Que fi aprés cela on ne
peut encore expliquer cét agrément ; ce n'eft pas qu'il foit
obfcur ; mais c'eft au contraire qu'il eft fi clair & fi fenfi-
ble que rien ne l'eftant davantage , il ne peut plus eftre ef-
claircy.

Mais enfin , que le Je ne fçay
quoy de cét Auteur foit *im-
perceptible*, qu'il *échape* , comme il dit, *à l'intelligence la plus
penetrante* , *& la plus fubtile :*
Ce n'étoit pas là une raifon
pour dire ce qu'il a dit ; pour
méler les chofes faintes avec

les profanes ; & pour demander encore dans la page suivante , *Si le Ie ne sçay-quoy n'est pas semblable à Dieu même.* Il respond qu'il luy est semblable ; & c'est en quoy son erreur est non seulement contraire à la verité, & à la raison mais encore à elle-méme. Car comment selon luy , le Je ne sçay quoy, seroit-il semblable à Dieu , puis qu'il vient de dire, que l'esprit humain qui connoît ce qu'il y a de plus divin dans Dieu , ne connoist point le Je ne sçay quoy ? En verité apres avoir fait une si étrange difference , il ne devoit pas faire une si étrange comparaison.

Mais un esprit quand il a passé de certains termes, ne peut plus que tres-difficilement

N iiij

Pag. 245. de la 1. edition. Pag. 350. de la 2. Où l'on à retranché ces mots. *Il est semblable à Dieu même.*

être arrété, & il se precipite d'erreur en erreur, & d'abysme en abysme.

pag. 215. de la 1. edition. Pag. 141. de la 2. *Qu'est-ce que la grace ?* demande maintenant l'Auteur: *un Ie ne sçay quoy*, dit-il, *qui se fait bien sentir, mais qu'on ne peut exprimer.* Vous ne sçauriez croire, Monsieur, combien nôtre bon Docteur, Monsieur N. R. a été blessé de cette réponce. Quel Theologien ı me disoit-il, quelle Theologieı parler ainsi de la graceı en donner une idée si basse qui ne la distingue point des choses les plus prophanes, ny méme du peché.

Cela est inexcusable & c'est inutilement qu'il voudroit dire que Dieu & la grace de Dieu étant incomprehensibles, il a pû les appeller des *Ie ne sçay quoy*. C'est cela méme

qui le condamne dans l'esprit
de tous les hommes, puis que
cette adorable incomprehensi-
bilité de Dieu & de sa grace,
ne devoit pas être marquée
par un mot qui est même
trop bas pour marquer entre
les choses humaines celles à
qui l'on doit du respect. A-t'on
jamais usé de ce mot pour exprimer ce qu'il y a de grand
& d'auguste parmy les hommes ? A-t'on jamais dit dans un
discours public & serieux, que
la Majesté Royale, & la Puis-
sance Royale sont des *Ie ne
scay quoy* ? pourroit-on souffrir
cette expression, & ne la pren-
droit-on pas pour une injure, ou
pour une impertinence?

Il faut donc, (conclut nôtre Theologien) que l'Auteur qui parle en ces termes,

& de la grace de Dieu , & de Dieu même , & qui les appelle des *Ie ne fçay quoy* ; il faut encore un coup qu'il foit un... Un je ne fçay qui, dit-il , tout en colere , & il n'en parla plus. Je croy , Monfieur , qu'il eft temps auffi pour moy de ne plus écrire , & de vous rendre à vos affaires. Je fuis , &c.

SEPTIEME LETTRE.

Monsieur,

Nous voicy au sixiéme &
dernier Entretien d'Ariste, &
d'Eugene, que l'Auteur appelle *les Devises*. On y remarque
d'abord trois ou quatre choses
bien considerables ; le temps
que dure la conversation , le
nombre des Devises , la belle
memoire d'Ariste, & la grande
docilité d'Eugene.

Quant à la premiere, qui est
la longueur de la conversation;
Elle dure huit fois plus que la
precedente , & toûjours en
traisnant sur la Devise ; ce qui
fait dire à bien des gens , que

ces Meſſieurs ont une grande envie de deviſer.

On trouve en ſecond lieu, que le nombre de ſix cens Deviſes tirées de divers Auteurs, n'eſt pas une choſe ſort neceſſaire ; C'eſtoit aſſez de la ſixiéme partie ; le reſte ne ſert de rien dans un traitté , & n'eſt bon qu'à faire un recüeil. Il pouvoit donc ſans danger les laiſſer où tout le monde ſçait bien qu'elles étoient , & ne pas les faire imprimer , peut-être pour la centiéme fois. On dit auſſi que c'eſt une choſe bien rare que le diſcours d'un auteur, compoſé des penſées & des paroles de cinquante autres, de ſorte que ſi l'on faiſoit Juſtice ſur cela , & qu'on rendît à chacun ce qu'il luy appartient; il y auroit plaiſir de voir que l'Auteur n'auroit pour sa part que cinq ou six pages de son livre ; & c'est ce qu'on appelle faire des livres aux despens de qui il appartiendra.

Mais en troisiéme lieu, on admire la prodigieuse memoire d'Ariste, lequel dans un Entretien sans preparation, *& à qui l'occasion seule a donné le sujet*, s'est ressouvenu de six cens devises en diverses langues. Je croy, Monsieur, que cela doit vous surprendre aussi bien que les autres ; Car enfin, Eugene méme s'en étonne, quoy qu'il n'en eust encore oüy que la moitié ; & ne pouvant s'empécher d'interrompre son amy ; *Ie ne sçay*, luy dit-il, *ce que je dois le plus admirer, ou la fidelité de vôtre memoire, ou la beauté des Devises que vous avez rete-*

Pag. 176 de la 1. edition. Pag. 479 de la 2.

nuës. On ne laiſſe pas de dire aprés cela que cette admiration d'Eugene marque admirablement bien la faute d'Ariſte; & qu'elle avertit ceux qui n'y prendroient pas garde, qu'il y a là quelque choſe de ſurprenant, & de contraire à cette juſte vrayſemblance, qui eſt l'eſprit des fictions ingenieuſes, par leſquelles on veut imiter la verité.

Ainſi, Monſieur, les ſix cens deviſes ſi fidellement retenuës pouvoient étre ſagement oubliées, au moins les deux tiers; & peut-étre que cét excés de memoire eſt un deffaut de jugement : mais en tout cas il n'y a pas grand mal pour l'Auteur ; & il regagne d'un coſté, ce qu'il perd de l'autre.

En quatriefme lieu , l'on confidere fort dans cét entretien
la docilité & l'attention d'Eugene. A peine y parle-il , &
quand il y parle, ce n'eft que
pour propofer fes difficultez;
& pour demander des exem-
ples. *Ne faut-il pas , dit-il
tirer le mot de quelque Poëte celebre?*

*Mais le mot eft-il borné à
deux ou trois paroles?*

*Vous m'obligeriez de me donner
des exemples de toutes les efpeces
de Devifes.*

*Ie voudrois bien que vous me
donnaffiez un exemple de ces Vers,
qui expliquent les paroles de la
Devife.* Enfin , Monfieur , fa
retenuë eft fi grande qu'on peut
affurer que dans cette converfation qui eft de cent quatre-
vingt fept pages, il ne dit pas

I ag. 144
de la 1.
edition.
pag. 392.
de la 2.
Pag. 191.
de la 1.
edition.
Pag. 390.
de la 2.
pag. 340.
de la 1.
edition.
pag. 201.
de la 1.
Pag. 452
de la 1.
edition.
Pag. 401
de la 1.

cent quatre-vingt fept paroles , fi l'on en ôte feulement
les articles. Jugez apres cela
fi Eugene ne fçait pas fe taire,
& fi les gens qui prennent ce
Philofophe pour un difciple de
Pytagore , n'ont pas quelque
raifon ? Mais d'autre côté ceux
qui parlent plus ferieufement,
difent que ce filence eft de
mauvaife grace dans une converfation familiere de deux
amis , entre lefquels ils vou-
droient qu'on eût partagé le
difcours plus également , puis
qu'on les reprefente d'abord ,
comme étant prefque égaux
en toutes chofes. Cette conduite d'ailleurs eft toute contraire au caractere d'Eugene,
dont on ne reconnoît plus rien
icy. Ce n'eft plus ce méme
Eugene qui parloit il y a trois
jours

jours du ſecret avec tant d'é-
rudition ; qui citoit les loix,
les hiſtoires , & enfin les plus
ſçavants , & les plus galands
ouvrages de l'antiquité. Ce
n'eſt plus luy qui diſcouroit
de la langue Françoiſe , comme s'il eût été , non ſeulement
de l'Academie , mais toute
l'Academie ; & à peine peut-
on s'imaginer combien Eugene d'aujourd'huy eſt different
d'Eugene d'hier.

On diroit à l'entendre qu'il
a oublié tout ; qu'il ne ſçait
pas méme ce que c'eſt qu'une
deviſe, & qu'il n'a jamais vû
de ces choſes que l'on voit par
tout, comme dit Ariſte : non
ſeulement dans les livres , mais
ſur les obeliſques , ſur les
pyramides , ſur les arcs de
triomphe , ſur les tombeaux,

O

fur les portes des maifons :
& en verité quand un hom-
me ne fçait point cela , il luy
refte encore bien des chofes à
apprendre.

Voila, Monfieur, les premieres obfervations que l'on fait
fur l'entretien des Devifes ;
Apres quoy l'on remarque encore plufieurs endroits, où le
fens commun ne paroît pas fi
fort que le genie particulier
de l'Auteur. Il exagere trop,
dit-on, le merite & l'excel-
lence de la devife. On fçait
qu'une devife bien faite , eft
une jolie chofe ; que c'eft un
jeu d'efprit , où le hazard ne
fait pas tout ; Il y entre de l'i-
magination, du feu, de la vivacité ; mais on ne penfe pas
que ce foit un fujet pour s'é-
crier, *bon Dieu que de beautez,*

que de choses ! I'y vois l'Histoire *pag. 440 de la 1.*
heroïque , l'Histoire naturelle , *pag. 518. de la 2.*
les beaux arts , les belles langues ,
la Poësie , la Politique , la Morale ! C'est un abregé de tout ce
qu'il y a de plus auguste dans le
monde !

Certainement cét abregé
est bien court , puisqu'il n'a
jamais plus de quatre ou cinq
mots : Mais enfin , c'est ainsi
que chacun vante ce qu'il aime , & que l'on fait ceder la
raison à la passion. Ce n'est
pas qu'en general on ne dise
assez ce qu'un grand esprit de *Pensées de Mr paschal. 268.*
nôtre temps a écrit ; *qu'un vray*
honnête-homme n'affecte rien ,
& ne met point d'enseigne.
Mais on ne laisse pas pour
cela d'en mettre , & nôtre
Auteur a pris celle de la Devise.

On le trouverá là infaillible-
ment, il y revient fans man-
quer, & dans quelque matiere qu'il ait été engagé pendant
les cinq precedens entretiens,
il a toûjurs eu quelque Devife pour marquer que c'é-
toit là où l'on devoit l'atten-
dre.

Pag. 441
de la 1.
edition.
Pag 516.
de la 2.

Mais auffi, *c'eft une Science*
admirable, à ce qu'il dit, *c'eft*
la philofophie des gentilshom-
mes, bien differente de celle du
college. Les lices où fe font les
courfes de bagues, & les carou-
fels font les academies où elle
s'apprend. Les braves, les galands
cavaliers, le s princes amans,
& conquerans, font les maîtres
qui l'enfeignent.

On entend bien que l'Au-
teur parle de cette fcience galante & amoureufe, comme

un homme qui pretend ne la
pas ignorer, & qui en fera tantôt des experiences : Mais cependant l'on dit qu'il s'eſt mépris ; car ce n'eſt pas dans les
lices des carouſels, où l'on
fait les deviſes ; & c'eſt au
contraire, où l'on les porte
quand elles ſont toutes faites.
On s'étonne auſſi qu'il ait pû
dire que la deviſe, qui eſt à
ſon gré une choſe ſi ſça-
vante, ſe puiſſe apprendre en
courant, & ſi c'eſt pour cela
qu'il l'appelle *La Philoſophie*
des gentilshommes ; il ne fait
pas, dit-on, grand honneur à
la nobleſſe.

Mais il ſe juſtifie aſſez, Pag. 442
quand il dit que la deviſe *eſt* de la 1.
édition.
d'une étenduë preſque infinie ; que Pag. 139
de la 2.
les objets de toutes les ſciences,
& de tous les arts, ſont de ſon

O iij

reſſort, & que cependant elle eſt courte parce qu'elle ne prend que le fin des choſes. Ce n'eſt pas qu'il n'y ait là une contradiction en beaux termes ; Car il eſt impoſſible qu'une ſcience qui prend le fin de toutes les autres, & qui par conſequent doit les penetrer juſqu'au fonds ſoit neantmoins plus facile & plus courte que les autres qu'elle comprend ; ou bien il faudroit dire qu'il eſt poſſible, que le tout ſoit moins grand que ſa partie.

L'Auteur voudroit bien racommoder cela, en diſant que *la* DEVISE *choiſit ce qu'il y a de plus rare dans la nature, & dans les arts ;* Mais cette nouvelle raiſon, eſt une nouvelle contradiction ; car comme il dit luy-même, *ce n'eſt pas aſſez*

que la figure soit noble, &
agreable, il faut qu'elle soit com-
mune, & qu'elle se fasse reconnoi-
tre dés qu'on la voit. Cette condition exclut les animaux que
nous n'avons pas accoûtumez de
voir, & les fleurs estrangeres
qui ne sont point communes;
C'est donc là se contredire en
termes bien formels. La Devise ne choisit que ce qu'il y
a de rare ; & la Devise ne choisit que ce qu'il y a de commun ! Certes il seroit difficile
de dire à plaisir des choses plus
clairement contraires.

Mais apres tout, c'est un
moyen d'avoir toûjours raison de quelque côté ; Car
icy par exemple l'Auteur est
bien raisonnable en tout ce
qu'il dit pendant deux pages,
sur ce que les figures des de-

pag. 178.
de la 1.
edition.
Pag. 371.
de la 2.

viſes doivent étre des choſes
fort connuës : mais de dire
apres cela d'un autre côté que
la Deviſe eſt preferable à toutes les ſciences , & qu'elle les
comprend toutes, parce qu'elle dit quelquefois un mot de
chacune , & qu'elle jette une
ſimple veuë ſur le dehors de
leurs objets , à peu prés comme un homme qui ne ſçachant
ny la Peinture , ny la Muſi-
que ; regarde travailler un
Peintre , ou écoute chanter un
Muſicien ; certainement c'eſt
ſe jetter dans l'hyperbole ; &
dans les contradictions ; c'eſt
faire voir qu'on à la Deviſe
dans la tête ; c'eſt vouloir
paſſer parmy les honneſtes
gens pour l'homme à la Deviſe.

C'eſt neanmoins tellement
l'eſprit

l'esprit de nôtre Auteur, qu'on ne peut pas esperer qu'il en change jamais. Il est trop attaché à la Devise; c'est un principe qu'il ne quitte point, & duquel il fait à peu prés ce que les Chimistes font de leur soufre, de leur sel & de leur mercure. Il la trouve partout, & y reduit tout. *Si j'avois*, dit-il, *un jeune Prince à instruire, je le ferois par la Devise; Ie ferois des devises sur tous les devoirs des Princes, tant à l'égard de Dieu, qu'à l'égard des sujets, & de soy-méme:* Enfin, Monsieur, il mettroit tout en devises; & ce qui est agreable, c'est que l'Auteur dit cela sous le nom d'Eugene, qui tout à l'heure ne sçavoit pas ce que c'étoit qu'une Devise, & qui disoit à son amy

Page 444. de la 1. ed. Pag 542. de la 2.

P

Ariste, *C'est une science qui me passe, & il n'appartient qu'à des esprits comme vous de s'en mêler.*

Cependant le voila qui est prest d'en faire sur toutes sortes de sujets, & il attend seulement pour commencer qu'on luy donne un jeune Prince à instruire.

Mais aussi que ne fait-on point pour instruire un jeune Prince, & pour luy enseigner par la Devise, *non seulement la Morale, mais encore l'Histoire heroique, & l'Histoire naturelle ?* Eugene se méprend, il se trompe dans l'education de son Prince, & assurément il n'en fera pas un grand Politique, s'il ne luy montre de cette science que ce qui s'en peut peindre dans les figures de la

Devife : Car c'eft , dit-on , fe moquer du monde de vouloir faire voir aux yeux des fecrets & des myfteres qui à peine fe laiffent voir à l'efprit.

On peut à proportion dire la même chofe de la Morale, Car quoy qu'elle ait des maximes communes , qui peuvent être en quelque forte exprimées par les peintures de la Devife ; il faut avoüer neanmoins que ces peintures ne fervent qu'à former dans l'efprit quelques idées qui ne defcendent pas jufques au cœur ; & il y a bien d'autres efforts à faire pour apprendre la Morale, cette fcience pratique , qui regle le cœur & la volonté de l'homme , deux chofes fi difficiles à regler , &

qui resistent encore si fortement, lors même que l'esprit convaincu ne sçauroit plus resister.

Quant à l'Histoire heroïque, il est vray que la Devise peut representer quelques actions illustres, mais sans suitte, sans liaison, & detachées de la   s part de leurs circonstances.

Pour ce qui est de l'Histoire naturelle, la Devise fera voir la figure exterieure d'un Lyon, d'un Chien, d'un Aigle, d'un Pelican, & de quelques autres animaux plus rares, comme du Phœnix, du Pegaze, du Centaure, de l'Hidre, car les fables entrent dans la Devise aussi bien que les veritez, & l'on peut juger par là, si c'est un moyen fort propre pour devenir sçavant dans l'Hiftoire, & dans la Philofophie.

D'ailleurs la Devife n'étant qu'une metaphore qui repre-fente une chofe par une autre, elle n'apprend que ce qu'on fçait déja : de même qu'un portrait ne fait connoître que la perfonne qui eft déja con-nuë.

Ainfi le plus grand fecours que la Devife puiffe apporter dans les fciences, c'eft d'aider un peu la memoire à conferver fes idées ; Et encore n'eft-ce point là fa fin, mais feulement de plaire à l'efprit & de le di-vertir.

C'eft pour cela, comme dit l'Auteur, que les devifes fe font dans *les courfes, caroufels, tournois, jouftes, feftes, balets, mafquarades*, & qu'alors elles

y font portées par les *Cheva-*
liers de la Beauté ; de l'vnivers,
du Soleil , de la Lune , du Phœnix,
de la Canicule , & d'autres de pareille qualité. Tout cela fait affez voir que les devifes ne font
que des jeux d'efprit , & qu'on
les doit prendre comme des
jeux. Ce font des penfées
agreables & fleuries , mais
qui ne font pas une nourriture pour l'efprit , non plus
que les fleurs ne font pas une
nourriture pour le corps, & ne
fervent qu'à parer les tables
& les viandes. Ce feroit donc
un affez bizare deffein de ne
vouloir inftruire un jeune Prince que par les devifes : Et
quand l'Auteur les croit propres pour cela, & qu'il en parle avec des exaggerations fi
demefurées ; on diroit qu'il

est plus capable de les admirer que d'en faire; & que sa theorie est sans pratique, comme d'autre côté, sa pratique paroist sans theorie.

Vous allez juger, Monsieur, de ce dernier point sur l'exemple de quelques devises de sa façon, & vous verrez si ce qu'il fait répond bien à ce qu'il dit.

Par la premiere qu'il propose pour modele, il veut montrer que le Roy est capable de gouverner luy seul tous les peuples de la terre : Et pour cela il peint *un Soleil éclairant le Monde*, avec ce mot.

Mɪʜɪ ꜱᴜꜰꜰɪᴄɪᴛ Uɴᴜꜱ.
Vn seul suffit pour moy.

On ne se plaint pas qu'il y ait trop peu de sens dans ces paroles ; au contraire on dit,

Pag 259. de la 1. edition. Pag. 349. de la 2. où l'on a changé le mot en mettant *suffit, orbi*

qu'il y en a trop , & qu'on ne
sçait lequel prendre. Car on
doute si c'est le monde à qui il
suffit d'un Soleil, ou si c'est le
Soleil à qui il suffit d'un monde : deux sens tout à fait oppo-
sés ; & qui font dans une devise un des plus grands deffauts
qui puisse y étre. L'Auteur devoit donc prendre soin d'éviter
l'equivoque, & d'autant plus
que par je ne sçay qu'elle pente
d'esprit , il y tombe fort souvent. Car dans un autre endroit, quand il veut representer l'humilité d'une personne
fort élevée en dignité, il peint
une Etoille , à laquelle il donne
ce mot, qui est encore tres-
équivoque.

Pag. 151.
de la 1.
edition.
Cette
devise

Quo ALTIOR , EO MINOR.
Ie parois moins plus je m'éleve.
On entend bien que ces pa-

roles d'elles-mémes ne signifient pas plus l'humilité, que
l'indignité ; & il n'y a que le
merite particuliere de la personne, qui puisse les faire prendre dans un sens avantageux.

Voicy une troisiéme devi-
se que l'Auteur a faite pour la
Reyne , *Anne d'Autriche , lors*
que Louis le Iuste la fit regente
en mourant, c'est une Lune qui se
leve, & un Soleil qui se couche.
Elle a pour son mot.

PER TE , NON TECUM.
C'est par vous, mais sans vous.

On sous-entend, *que je regne*
Beaucoup de gens d'esprit ap-
prouvent ce mot, qui en effet
est fort juste, & marque bien
la douleur d'une sage Reyne
qui s'afflige de regner sans le
Roy son mary. L'Auteur a
voulu l'expliquer en quatre

vers, où il fait parler la Reyne:

Ie vous dois ce que j'ay d'éclat, &
de puiſſance,
Que mon deſtin eſt glorieux!
Tandis que vous allez regner en
d'autres lieux,
Icy je regne en vôtre abſence.

Ce quatrain, dit-il, *explique*
aſſez bien ma penſée. A quoy on
luy répond, que ſa penſée eſt
donc la plus déraiſonnable du
monde. Car que peut-on de
plus contraire à la raiſon, à la
bienſeance, au reſpect, & à tou-
ſortes de conſiderations, que
de faire dire à une vertueuſe
Reyne, que ſon deſtin eſt glorieux dans le moment que le
Roy ſon mary expire; & de faire paroiſtre qu'elle ayt vne ſi
grande envie de regner ſeule?
Cela eſt odieux; paſſons vite.

L'Auteur peint dans un autre

endroit, *une colomne qui porte un ordre d'architecture*, avec ce mot.

ORDINIS EST COLUMEN.
Ie souſtiens l'Ordre entier.

pag. 147.
de la 1.
edition.

Il veut repreſenter par cette image *un fameux Magiſtrat, que le premier Parlement du Royaume fait gloire d'avoir pour ſon chef:* Mais il a fait une mauvaiſe co-pie d'un excellent Original.

Cette de-viſe n'eſt pas dans la 1.

Car la figure dont il ſe ſert, eſt une figure bizare, imaginai-re & chimerique. Une colom-ne ſeule qui porte un ordre d'ar-chitecture ! On n'a jamais ba-ſty de la ſorte, c'eſt un deſſein en l'air; Et quand la figure eſt ainſi defectueuſe, la deviſe ne peut plus eſtre bonne, non pas meſme ſelon les principes de l'Auteur. Car il dit en termes exprés, *que les figures qui en-trent dans la compoſition de la de-*

Pag. 265. de la 1. edition.
Pag 154. de la 2.

vise ne doivent avoir rien de monstrueux ny d'irregulier : Et la raison, ajoûte-il, est que la devise étant essentiellement une metaphore & un symbole naturel, elle doit être fondée sur quelque chose de réel & de certain, & non pas sur le hazard, ou sur l'imagination. Il y prendra donc garde une autre fois, & peut-étre accordera-t-il mieux sa pratique avec sa theorie.

Il a fait sur les Manufactures Royales une devise qui est *un Soleil levant* avec ce mot.

Pag. 348. de la 1. edition.
Cette devise & les vers ne font point dâs la seconde.

RIVESGLIO TUTTI AL OPRA.
I'éveille & j'appelle au travail.

Il y ajoûte les quatre vers qui suivent.

Ie veille & travaille sans cesse,
Par tout où je jette les yeux,
Ie fais la guerre à la paresse,
Et j'anime au travail les moins laborieux.

Vous voyez bien, Monſieur, que ce n'eſt point par envie, ſi le monde dit que ces vers n'ont ny force ny vigueur, & preſque ny rime ny raiſon. Car premierement, *pareſſe* ne rime point avec *ſans ceſſe*. D'ailleurs *faire la guerre à la pareſſe,* eſt une façon de parler bien baſſe pour un Soleil ; outre qu'on pourroit dire que le Soleil quand il ſe leve endort plûtôt qu'il n'éveille , parce qu'alors il ſe répand dans l'air une humidité qui eſt naturellement aſſoupiſſante.

Mais pour bien juger de la Deviſe, il faut dire comme l'Auteur, *qu'une des plus eſſentielles qualitez du mot, eſt de ne rien dire qui ne ſe puiſſe verifier de la figure, & qu'il doit luy convenir proprement , & ſans meta-*

Pag 196. de la 1. edition. Pag. 394. de la 2.

206 SENTIMENS DE CLEANTE *phore.* C'eſt-ce qu'il explique pendant trois ou quatre pages, à la fin deſquelles il ajoûte, *que ce qu'on dit du mot, ſe doit en-tendre des vers qui accompagnent la deviſe : Car ces vers ne ſont proprement qu'une explication du mot.* Mais apres tout quand il a bien prouvé ce qu'il faut fai-re ; on diroit qu'il prend plaiſir à ne le faire pas , comme s'il étoit au deſſus des regles qu'il donne , & qu'il ne les écrivît que pour les autres.

Pag. 300. de la 1. edition. Pag. 400 de la 2.

En voicy une preuve dans ſa deviſe pour *un grand Seigneur qui faiſoit de grandes charités dans ſa Province , mais fort ſecrette-ment.* Il a peint , *un grand fleuve roulant ſes eaux doucement, & ſans bruit.* Il y a pour ce mot.

FERT TACITUS QUO FERTUR O P E S.

Sans bruit il fait du bien

Pag. 319.
de la 1.
edition.
Pag. 416.
de la 2.

On dit qu'il eſt aſſez difficile de marquer en peinture que *des eaux roulantes* ne font point de bruit ; Mais au moins on les voit, ſi on ne les entend ; & comme une vûë publique eſt autant oppoſée à des charités ſecrettes, qu'un bruit public. il s'enſuit de là que l'Auteur les repreſente mal par un grand fleuve qui coule entre le Ciel & la terre à la vûë de tout le monde. D'ailleurs la plus grande abondance que portent les fleuves, c'eſt dans les bâteaux de commerce : Or il n'eſt rien de moins ſecret ny de plus viſible que des bâteaux ſur la riviere, & cela ſera toûjours ainſi juſqu'à ce qu'on ait trouvé un moyen de les conduire entre deux eaux. Ce n'eſt pas aprés tout qu'un grand fleuve ne puisse étre un juste symbole de la charité, mais non pas d'une charité secrette, comme dit l'Auteur. Aussi les vers qu'il a fait pour le prouver, sont bien éloignez de son intention.

ibidem.

Ie suis au peuple heureux, pour qui
Dieu m'a produit,
De tous biens une riche source;
Mais reglé toûjours dans ma course,
Plus je leur fais de biens, & moins
je fais de bruit.

Tout cela est bien mediocre, il faut l'avoüer. Ce *Mais*, tient la place d'un, *Et*, dans le troi-siéme Vers ; & pour le quatriéme, il ne convient nullement à un fleuve. Car on ne peut pas dire, qu'un fleuve fasse d'au-tant plus de biens qu'il fait moins de bruit. Au contraire quand il fait moins de bruit, c'est

c'eſt quand ſes eaux ſont fort
baſſes, & alors n'étant plus propre au commerce, il fait beaucoup moins de bien.

Voicy encore un grand fleuve dans une autre deviſe que
l'Auteur a faite ſur la mort de
feu Monſieur le Duc de Lon-
gueville ; ce grand fleuve eſt
peint à ſon embouchure.

MAYOR EN SU FIN AR.
Ie ſuis encor plus grand quand j'a-
  cheve mon cours

Ce mot eſt expliqué par les
vers qui ſuivent.

Celebre & grand dés ma naiſſance,
Ie porte en tous lieux l'abondance ;
Rien ne peut m'empeſcher de m'a-
  vancer toûjours.   [*gloire.*
Ie ſuis de mon Païs le rempart & la
  Mais qui le pourroit croire ?
Ie ſuis plus grand encor quand
  j'acheve mon cours.

Q

Pag. 354.
de la 1.
edition.
Pag. 496
de la 2.

Ibidem.

La devile eût été bonne &
jufte, fi l'Auteur ne l'eût point
gâtée en la voulant expliquer
par un fixain, lequel ne peut
convenir qu'à la perfonne, &
nullement à la figure qui la reprefente, Car peut-on dire pour
un fleuve ?

Mais qui le pourroit croire ?
Ie fuis encor plus grand quand
  j'acheve mon cours.

Pourquoy cette admiration ?
Eft-il fi difficile de croire que
les fleuves foient plus grands
dans la fin de leurs cours que
dans le commencement ? Cela
n'eft-il pas naturel ? Et n'eft-ce
pas le contraire, qui feroit incroyable, & contre l'ordre de
la nature ? On voit donc que
ce vers tout entier qui choque
la raifon, n'eft placé là que
pour la rime : C'eft - ce qu'on

appelle vulgairement une che-
ville, & celle-cy est de quatre
bons pieds.

L'Auteur n'est pas plus heureux dans une autre devise qu'il
fait sur le méme sujet. C'est
*une cassolette d'où il sort une fumée
qui monte en haut*, elle a pour
son mot:

LO SPIRTO AL CIEL, L'ODOR
IN TERRA.

L'Esprit est dans le Ciel, l'odeur ibidem.
est sur la terre.

Voicy comme il l'explique.

J'expire consumé d'une mortelle
ardeur,
Mais mon sort n'a rien de fu-
neste,
Mon Esprit monte au Ciel, & de
moy méme il reste
Sur la terre une douce odeur.

Il y a une grande foiblesse
dans ce quatrain; Je ne sçay si

Q ij

l'on a creu qu'il en represente-
roit mieux une perſonne mou-
rante. Ce n'eſt pas neanmoins
ce qu'on y trouve de plus defectueux ; Car on dit premierement , que cette odeur qu'un
Chrétien laiſſe apres ſa mort
eſt une odeur de pieté , & par
conſequent une odeur metaphorique , laquelle eſt icy re-
preſentée dans une figure qui
eſt encore une expreſſion metaphorique , ainſi voila metaphore ſur metaphore ; & l'Auteur advouë que *cela a de l'affectation , & fait de l'obſcurité.*
D'ailleurs l'eſprit du parfum
n'eſt encore qu'un eſprit metaphorique, & un veritable corps
que l'on voit ſe diſſiper en l'air
& qui ne monte peut-étre pas à
cinquante coudées; Ce qui ſans
doute n'eſt pas fort juſte pour

reprefenter une ame immortel-
le qui s'envole aux Cieux. Outre cela , c'eft que dans le parfum l'odeur & l'efprit que
l'Auteur , non feulement diftin-
gue , mais fepare , ne font à
proprement parler qu'une méme chofe , auffi bien dans le
langage des Philofophes que
des Poëtes. Quelqu'un luy
avoit déja fait cette objection,
comme il le témoigne ; *Mais*, ^{Ibidem.}
dit-il, *je le détrompay bien-toſt.*
Car ce que j'entends icy par l'Eſ-
PRIT , c'eſt la partie la plus ſub-
tile du parfum , laquelle s'exha-
le , & monte en haut quand le
parfum brûle ; l'ODEVR eſt , ce qui
demeure apres méme que le parfum
eſt diſſipé. L'agreable réponfe !
Comme s'il éroit queftion de ce
qu'il entend , & non pas de ce
qui eft en effet. Certes cette

Q iij

personne étoit bien aisée à dé-
tromper , de s'étre renduë à
une telle raison. Car enfin
quelque distinction que l'Auteur fasse ; il est certain que
dans le parfum , soit durant,
soit apres la dissipation, l'odeur
n'est autre chose que cette
partie plus subtile qu'il appelle esprit , laquelle se répand
dans l'air , entre dans l'organe
de l'odorat , & se fait sentir.
L'Auteur a beau dire que *l'un
est une substance , & l'autre une
qualité , selon Aristote.* On ne
disputera point sur cela ; mais
au moins selon Aristote , une
qualité ne subsiste point naturellement étant separée de sa
substance ; ainsi tant qu'il y
aura de cette qualité , c'est
à dire de l'odeur du parfum,
elle sera jointe à cette substan-

ce , c'eſt à dire à l'eſprit du parfum. De ſorte que méme ſelon la Philoſophie de l'Auteur , l'odeur ne ſubſiſtera pas un moment ſans l'eſprit; Et par conſequent deux choſes unies de cette maniere , ne ſont nullement propres pour repreſenter la ſeparation naturelle & effective du corps & de l'ame. Mais apres tout , ce ne ſeroit pas aſſez pour une juſte deviſe , qu'il y eût dans ſon ſujet une verité connuë des ſeuls Philoſophes ; il faut encore qu'elle ſoit connuë du peuple ; & il n'eſt rien de plus contraire à la Deviſe que cette obſcurité , qui n'eſt penetrable qu'aux lumieres d'une philoſophie ſcolaſtique. C'eſt-ce que l'Auteur dit en vingt endroits & en vingt façons.

Cependant on trouve enco-
re à peu prés la méme faute
dans une autre Devise; par laquelle pour representer *un Efprit fort brufque*, dit-il, *mais
en méme-temps fort regulier*.
Il peint *un Soleil dans fa courfe*.

RAPIDO SI MA RAPIDO
CON LEGGE.

Ie fuis rapide avec mefure.

Page
407.
de la 1.
edition.
Pag. 507.
de la 2.

On ne croit pas qu'un Soleil
foit une jufte figure pour reprefenter un mouvement rapide;
car fans parler de l'opinion de
plufieurs grands Mathemati-
ciens, qui difent que le foleil
demeure toûjours dans une
méme place, & que c'eft la
terre qui tourne; ce qu'il y a
de certain, c'eft qu'on ne le voit
point s'avancer, & que dans
quelque partie du ciel qu'il pa-
roiffe, il femble toûjours aux
yeux

yeux qu'il soit en repos. Ainsi l'on ne pense pas qu'on puisse bien exprimer un prompt mouvement, par une chose qui ne paroît point se mouvoir : Et l'on sçait assez que les devises étant des comparaisons, elles doivent étre tirées des choses les plus apparentes & les plus sensibles. Aussi quand on voudra par exemple representer quelque chose de vaste ; on prendra bien plûtôt la mer que le soleil, parce qu'il paroît à nos yeux que la mer est incomparablement plus étenduë que le soleil, quoy-qu'elle le soit incomparablement moins. Cest par cette raison qu'on ne trouve pas la devise dont il s'agit fort reguliere , & l'on en dit autant des vers qui l'accompagnent , & que je ne

R

vous donneray pas la peine de
lire.

Apres cela l'Auteur conside-
rant *un Illuſtre Prelat qui a paſſé*
de l'archevêché d'Ambrun à l'é-
véché de Mets ; & admirant une
conduite ſi contraire à l'ambi-
tion qui ne cherche qu'à s'élever de dignité en dignité, il a
fait pour luy quatre deviſes ;
mais à vous dire vray, il y a plus
d'affection & de bonne volonté que de jugement. Je ne
vous rediray pourtant rien de
la critique que j'en ay vû faire à des perſonnes fort ſpiri-
tuelles ; parce qu'il faudroit y
mêler le nom d'un grand Prelat, qui ne doit point répondre du trop de zele d'un auteur, à qui ſans doute il n'a
point donné charge de dire ce
qu'il dit.

Voyons maintenant les De-
vifes galantes , amoureufes &
paffionnées ; car il y en a une
multitude furprenante. La premiere eft *une Lune éclipfée* avec
ce mot,

LANGUEO NI VIDEAM.
Ie languis fi je ne vous voy.

Ceft une Devife qu'Arifte
a fait pour Eugene , & qu'il a
accompagnée de ces vers.

C'eft luy qui m'éclaire & m'en-
flame,
Ie tiens de luy tous mes apas,
Il eft mon efprit & mon ame ,
Et je languis quand je ne le voy
pas,

On demande fi c'eft un homme ou une femme qui parle ,
& de quel fexe eft Arifte qui a
tant de foin de fes apas ; qui fe
plaint fi paffionnément de
l'abfence d'un homme ; qui

Pag. 167
de la 1.
edition.
La devife
& les
vers ne
font pas
dans la 2
Edition.

R ij

l'appelle fon efprit & fon ame, & qui languit de ne le voir pas?

D'autre côté voicy *un Soleil dans un nuage, doù il échape plufieurs rayons* ; & pour le mot

QVOT LVMINA CELAT!
Que de lumiere il cache!

L'Auteur a fait cette Devife pour une Abbeffe à ce qu'il dit, & il y a ajoûté ce quatrain.

Page 337 de la 1. edition. pag. 467. de la 2.

Ie cherche en vain l'obfcurité,
Cent traits brillans me font con-
     noître ;
Mais malgré toute ma clarté
I'en cache beaucoup plus que je
     n'en fais paroître.

Il n'étoit nullement necef-faire que l'Auteur fift ces vers pour une Religieufe, & encore moins qu'il les imprimaft. Ce-la n'a point édifié une infinité de perfonnes, qui difent que l'on ne fçauroit avoir trop de rete-

nuë pour des vierges confa-
crées à Dieu, & que l'on doit
éviter avec un foin extréme de
leur rien dire qui puiffe jetter
des pensées du monde dans
leur efprit, ny troubler la retraite de leur cœur, fans laquelle l'autre ne leur fert de
rien. Il eft vray que l'Auteur
declare qu'il a fait la devife &
les vers pour loüer la modeftie ;
& l'on ne peut pas dire que la
vertu ne foit pas loüable : Mais
cependant, difent ils, il y a
une maniere de loüange qui eft
extrémement dangereufe aux
vertus, & qui les diffipe en flat-
tant les fens, comme le feu
diffipe les fenteurs. Ils ajoûtent à cela, que ce n'eft pas
loüer la modeftie, mais la dé-
truire, que de luy attribuer des
fentimens tels que ceux qui

R iij

font exprimez dans ces vers;
& ils foûtiennent qu'il eft im-
poffible qu'une perfonne mo-
defte puiffe ny dire ny penfer
de foy-méme qu'elle *cherche en*
vain l'obfcurité ; que cent traits
brillans la font connoître, & le
refte qui eft encore plus rempli
d'orgueil & de prefomption.

D'autre côté, & felon les regles de la Devife, on dit que
ces quatre vers font foibles,
que le troifiéme eft obfcur, &
que le premier ne convient
point du tout à la figure, n'é-
tant point vray que le foleil
cherche l'obfcurité pour s'y
cacher ; de forte qu'apres avoir
bien deliberé , il faudra con-
clurre à la fin, que cette Devife
eft plus galante que reguliere.

Mais celle qui la fuit merite-
roit peut-étre de la preceder,

& vous l'allez voir. C'est *un cierge fur un autel*, avec ces mots.

ET SACER URIT.
Il brule avec un feu Sacré.

L'Auteur dit que c'est *pour montrer qu'une perfonne confacreé à Dieu peut donner de l'amour comme une autre*; & c'eft ce qui eft expliqué dans ces fix vers.

Mon corps eſt pur, & plus pure
  eſt mon ame,
La pieté me nourit d'une flame,
Qui me confume & les jours &
  les nuits;
   Mais que fert-il de feindre?
  Ie fuis encore à craindre,
Et pourrois vous bruler tout facré
  que je fuis.

Il dit qu'il y a long-temps qu'il fçait ces vers par cœur, & je le croy bien; car quand on les a une fois appris, on ne man-

pag. 404. de la r. edition. cette deviſe ny les vers ne ſont point dans la r. ſeditiõ

R iiij

que pas d'occasion pour ne les
pas oublier. Je m'étonne feulement qu'il puiffe les trouver
fort juftes, puifqu'ils ne font
point dans les regles des Devifes, & qu'au lieu de convenir
proprement & fans metaphore.
à la perfonne & à la figure, ils
ne conviennent ny à l'un ny à
l'autre. Car quelle perfonne
peut dire de foy-méme, *mon*
corps eft pur, & plus pure eft mon
ame ? Et d'autre côté peut-on
dire *l'ame d'un Cierge ?* fi ce n'eft
comme on dit *l'ame d'un fagot,*
par une metaphore qui *effarou-*
che l'efprit; comme parle l'Auteur ; & qui felon toutes les
regles qu'il a données, ne peut
étre receuë dans le mot ny
dans les vers d'une Devife.
Je voy donc bien qu'il faudra
dire de ceux-cy comme des

autres, qu'ils ont plus de galan-
terie que de regularité.

C'est aussi l'air & le caractere
de tout cét entretien, où l'Auteur a pris plaisir de mettre en
cent endroits des symboles, des
expressions & des figures de
toutes sortes d'amours. Un Pa-
pillon qui se brule à la chan- „
delle, un petit moineau qui se „
jette dans des filets ; un ver „
à soye qui fait luy-même ses „
chaînes & sa prison ; un fau- „
con sur la perche avec ses „
longes ; une tourterelle qui „
pleure sa vie & la mort de sa „
compagne ; un aimant qui „
attire le fer ; un heliotrope „
qui suit par-tout son soleil ; „
deux palmiers s'inclinans l'un „
vers l'autre ; une vigne liée „
autour d'un arbre ; deux mi- „
roirs opposez ; un phœnix „

»sur un bucher ardent ; une
»salamandre dans un brasier;
»un flambeau qui brule par
»les deux bouts ; une méche
»allumée, un brulot portant le
»feu à un grand vaisseau ; le
»mont Gibel en feu ; un diable
»dans les flames d'enfer où il
»crie, *plus je souffre, moins je me*
»*repens.*.

Celuy qui porte cette Devise a voulu exprimer , que plus
l'amour le faisoit souffrir, moins
il pouvoit se repentir d'aimer;
& c'est , dit nôtre Auteur , *un*
symbole illustre & ingenieux. Je
vous assure , Monsieur , que
ce ne sont pas là tous les noms
qu'on donne à ce symbole, &
que plusieurs fois j'ay entendu
luy appliquer d'étranges épi-
thetes. Car on trouve une infinité de gens qui jugent des ga-

lanteries par la morale, & qui vous disent tout franc qu'on ne doit point dans une sainte profession écrire de ces sortes de choses; Qu'elles ne s'accordent nullement avec ce caractere ineffaçable, qui engage dans un ministere infiniment éloigné de ces bagatelles; Qu'elles feroient plus pardonnables à des jeunes gens qui n'ont pas fait des vœux particuliers d'y renoncer; Que c'étoit assez qu'elles fussent déja imprimées dans tant de livres, sans qu'on les imprimast encore pour alonger un discours qui ne pouvoit être trop court, & qui peche autant en quantité qu'en qualité.

Voilà, Monsieur, tout ce que je vous écriray des Entretiens d'Ariste & d'Eugene;

quoy que je puſſe encore y ajoûter beaucoup plus de choſes que vous n'en avez veuës : mais celles que je ſupprime ne doivent point s'écrire ; les unes, parce quelles ſont trop longues ; & les autres, parce qu'elles ſont trop fortes. Il n'y aura pourtant rien de perdu ſi vous le voulez : & tout cela ſera fort bon à dire, quand vous ſerez icy. Je vous y ſouhaitte, je vous y attens & je ſuis, &c.

HVITIE'ME LETTRE

Mᴏɴsɪᴇᴜʀ,

Je croyois avoir fait, quand
j'eus achevé l'examen du dernier entretien d'Ariste & d'Eugene : mais l'on m'a depuis
montré, que j'avois oublié le
principal, en oubliant la table
du livre ; & voicy en peu de
mots, ce que c'est.

Flle est divisée en trois parties; ou si vous voulez, il y a
trois Tables. La premiere marque les six Entretiens, chacun
selon le rang qu'il tient dans la
suite du livre ; & cela est imprimé d'un caractere capital,
qui avec quinze ou seize mots,
couvre une page entiere, la-

quelle auroit pû aisément contenir tout ce qu'il y a de remarquable dans l'ouvrage.

La seconde, comprend les Matieres, par ordre alphabetique, & celle-cy est disposée de telle sorte, que l'on y trouve la plûpart des choses deux ou trois fois. Car par exemple sous le mot, *Beauté*, il demande, *en quoy consiste la beauté de l'esprit*, & sous le mot *Esprit*, il demande encore la même chose ; continuant ainsi de regler plusieurs endroits sur cette methode, qui est au moins à deux fins : l'une, pour mieux remarquer les choses, en les repetant plus souvent ; & l'autre, pour aider à grossir le livre.

Il est vray, que cela fait un cercle de paroles, qui est quelquefois ennuyeux ; mais l'Au-

Cette seconde table est toute changée dans la seconde edition.

teur ne le croit pas ainfi, & l'on
diroit qu'il prend ce cercle
pour une couronne, tant il paroît content de foy-même, &
principalement dans fa troifiéme Table, qui eft un chef-
d'œuvre d'amour propre.

Celle-là, porte magnifique-
ment les *Noms des Princes*, *&*
Gens de qualité, fur lefquels il y
a des Devifes dans le Livre.
De forte que tout ce qu'on
voit de grand & d'augufte
parmy les hommes, fe trouve
à cette table. Papes, Empe-
reurs; Rois, Reines, Princes,
Princeffes, & c'eft comme une
cour compofée de toutes les
cours de la terre.

Quel plaifir pour un auteur
de l'humeur du nôtre, de voir
tant d'illuftres noms qui pa-
rent fon ouvrage, & de penfer

Cette
table n'eft
point
dans la
2. editiõ.

que c'eft luy, qui les a rangez comme il a voulu dans une table, de laquelle il a exclu tout ce qui n'eft pas au moins Comte, ou Baron. Car ne vous imaginez pas, qu'il y nomme generalement & fans exception, toutes les perfonnes, fur qui il y a des devifes dans fon livre. Point du tout ; & il faut pour cela, outre la devife, avoir encore une ancienne nobleffe, ou du moins une tres-grande charge. Ainfi quoy que dans fon entretien, il y ait plufieurs devifes *pour une malade*, qu'il dit étre *fort fpirituelle*, *& fort vertueufe;* On ne trouve pas neanmoins fon nom dans la table, parce quelle n'eft que vertueufe, & fpirituelle, fans étre comteffe, ny marquife.

Il y a encore des devifes pour
un

vn des plus fages , & des plus hon-
nêtes hommes de nôtre fiecle ; felon le témoignage de l'Auteur
méme ; mais ny l'honnêteté,
ny la fageffe n'étant point foû-
tenuës d'une haute qualité
n'ont pû luy faire donner une
place à cette magnifique table.

De méme , il rapporte vn
grand nombre de devifes fur
plufieurs Academiens, tant de
l'Academie Françoife , que des
Academies Italiennes ; mais
pas un feul de ces Meffieurs
n'approche de fa table ; parce
qu'enfin étre Academicien, ce
n'eft pas étre Chancelier, ny
premier Prefident.

On a beau dire quil n'eft point
icy queftion de charge ny de
nobleffe , mais feulement de
Devifes, & qu'il devoit nommer indiftinctement dans la

S

table, toutes les perfonnes fur qui il y a des Devifes dans le livre ; il n'a pas crû luy , qu'il fût à propos de le faire , & il luy a paru bien plus beau , & plus fatisfaifant pour un Auteur, de ne voir fa table remplie, que de Rois, & de Reines, fuivis de toute la nobleffe, & des principaux officiers de la couronne.

Mais enfin quelque motif fecret qu'il ait eu dans un deffein qui apparemment fera longtemps fans pareil ; au moins eft-il certain, que les trois tables occupent quarante pages, & font la feptiéme partie du Livre ; en forte que des fix Entretiens, qui font le refte, il y en a trois dont chacun eft moins étendu que cette triple Table, fans laquelle , on eût eu bien de la peine de mettre le Livre in quarto , quoyque d'ailleurs on eût fait pour cela, tout ce qui étoit possible.

Or ce n'est pas pour un Auteur un si petit avantage qu'on s'imagine. Comment ? c'est être Auteur de la seconde taille : & cela fait plus à l'égard de bien des gens, que si l'on étoit du premier ordre , en plus petit volume. On est mieux placé dans les Bibliotheques ; & comme elles ont beaucoup plus de spectateurs que de lecteurs , il arrive de là , qu'on plait toûjours à plus de monde. Outre que cette maniere d'impression qui grossit un ouvrage, luy donne aussi plus de poids ; Et quoy qu'on en puisse dire , cela contribue quelque chose à rendre un Auteur plus.

grave ; ce qui eſt parmi de certaines gens un grand ſujet d'am-
bition.

Mais c'eſt aſſez parler de ce
qui regarde la quantité & l'e-
tenduë de la Table ; & je puis
maintenant vous dire quelque
choſe de ce qui concerne ſa
qualité. A cet égard , Monſieur , on peut aſſeurer que
c'eſt la principale partie de
tout l'Ouvrage , puis qu'elle eſt
ſans doute , la plus ſçavante,
& qu'elle comprend pluſieurs
grandes queſtions dont on ne
trouve point les réponſes dans
le Livre.

Par exemple, *D'où vient l'an-*
tipathie que nous avons pour cer-
taines perſonnes?

Ce qui nous fait ſentir que nos
ames ſont immortelles?

Ce que c'eſt que la grace divi-

ne. Trois grandes queſtions pour leſquelles on ne trouve qu'un ſeul mot, qui eſt le *Ie ne ſçay quoy.*

D'autre côté , on voit dans cette méme Table, la queſtion ſçavoir : *Quels Arts ſont les plus parfaits?* & l'on s'imagine d'abord qu'il y aura dans le Livre une Diſſertation ſur les Arts; mais quand on va voir l'endroit que la Table marque, on ne trouve que ces paroles: *Comme la nature eſt devant l'art, les corps naturels tiennent le premier rang, & rendent les Deviſes plus parfaites ; les artificiels ſont du ſecond ordre , & ils approchent d'autant plus des autres , que les arts, dont ils ſont tirés , imitent plus parfaitement la nature.*

Pag. 273 de la 1. edition. pag. 166. de la 2.

Voila , il faut l'avoüer , une admirable reponſe ; mais voicy

S iij

une autre queſtion. *Quels ſont les Philoſophes les plus raiſonnables;* On repondroit à cela ſans heſiter, que ce ſont ceux qui ont cru l'immortalité de l'ame, & la Providence divine; mais l'Auteur ne s'en eſt point ſouvenu dans l'endroit, où la Table r'envoye, & ſelon luy, les plus raiſonnables Philoſophes ſont ceux qui raiſonnent le moins ſur l'ame, & ſur ſes operations; c'eſt à dire, ce me ſemble, ceux qui ſe mettent le moins en peine de ce qu'ils ſont.

Pag. 212. de la 1. edition. Pag 282. de la 2.

D'ailleurs la Table contient encore pluſieurs queſtions Phyſiques comme *ce que c'eſt que l'odeur?* Et vous voyez bien, Monſieur, que pour repondre juſtement à celle-là, il faudroit expliquer tout ce qui ſe fait, & du côté de l'objet, & du côté de

l'organe, & encore la proportion qu'il y a entr'eux, & enfin la
maniere dont l'un agit fur l'autre : Mais fans tant de façons,
nôtre Auteur decide , en un
mot, que *l'odeur eft, ce qui de-* Pag. 394.
meure apres méme que le parfum eft de la 1.
diffipé. Ce Philofophe n'en dit Pag. 496
pas davantage , & il laiffe à fes de la 2.
commentateurs le foin d'y
ajoûter leurs explications.

Cependant il propofe dans
un autre endroit de fa Table,
non pas comme une queftion,
mais comme un principe , que
le Soleil échaufe fans avoir de la
chaleur. C'eft un Probleme
affez étonnant ; que le Soleil
qui éclaire & qui brule comme
le feu , ne foit pas chaud comme le feu. On attend au moins.
qu'il le prouve en Phyficien,
mais on eft bien furpris lors

qu'au lieu d'une raison, ou d'une experience, on ne trouve qu'une Devise; & qu'on voit pour toute réponse; que *le Marquis des Portes; sous le nom* d'ORTAMIRE *avoit un Soleil rayonnant.* C'est ainsi, Monsieur, que nôtre Auteur sçait répondre aux questions qu'il se fait luy-méme; & *cette belle science,* comme il dit, *ne s'aprend point au College.* Non sans doute, il n'est point necessaire d'y avoir jamais été pour étre sçavant de cette sorte : Et tout cela prouve bien que la Table où il ne fait que proposer ces choses, doit plaire davantage que le Livre où il s'imagine les resoudre. Il faut le dire encore une fois, c'est une Table dressée si proprement, qu'elle met l'esprit en appetit pour ainsi dire,

pag 584.
de la 1.
edition.
Cette de-
vise n'est
pas dans
la 2. edi-
tion.

dire , & luy donne une envie de devorer tout le livre :
mais par malheur on n'y trouve point de quoy satisfaire un
goût raisonnable , quoy qu'il y
ait des raretez dont on ne sçait
pas encore le nom. Car comment nommer cette surprenan-
te question : *Pour qui doit être le* dans la
cœur d'une honnête femme ? Pour table de
qui ? Pour son mary , sans diffi- la 1.
culté. Et quand l'Auteur rê- edition
pond que *le cœur d'une honnête* de la 1.
femme doit être pour un seul ; il P. 149.
veut dire asseûrément pour un de la 2.
seul qui soit le mary : de sorte
qu'on peut mettre en fait, que
sur ce point - là , il n'y avoit
pas encore eu de question non
plus que de doute.

C'est donc quelque chose de
bien curieux que cette Table
qui contient de ces nouveau-

L

tez, & je ne connois rien de plus propre à faire vendre un livre. Car pour peu qu'on jette les yeux deſſus, on ſent je ne ſçay quelle envie de voir comment un même eſprit répondra à tant de queſtions contraires dont les unes ſont ſi ſerieuſes, ſi chrétienes, ſi ſaintes, & les autres ſi jolies, ſi galantes & ſi riſibles.

Vous en avez tant d'exemples dans cette lettre & dans les precedentes, que je ne vous en citeray pas davantage ; mais ſeulement puiſque je vous ay parlé de la Table qui eſt à la fin du livre, je vous diray auſſi un mot de la Figure qui eſt au commencement, afin qu'au moins vous ayez veu en quelque façon cét ouvrage depuis le commencement juſqu'à la fin.

Je n'examine point la graveu-
re qui n'eſt pas de l'Auteur,
mais ſeulement le deſſein & la
penſée qu'il a fait executer par
le Graveur. Figurés-vous donc,
Monſieur, un endroit ſur le
bord de la mer où l'on voit une
grande Ville avec une Citadel-
le, & à côté de hautes Dunes
qui s'êtendent le long de la cô-
te. Il n'y a point là d'autre terre qu'un ſable ſterile & tout
brulant des ardeurs d'un Soleil d'Eté, qui paroît dans une
êlevation, par laquelle on juge
qu'il n'eſt pas plus de deux heures apres midy. Voilà, Monſieur, ce bord de la mer que
l'Auteur appelle un lieu commode & agreable pour des converſations de cinq ou ſix heures.
C'eſt là que ſur des ſables bru-
lans, & ſous le Soleil qui les

L ij

brule, on voit Arifte & Eugene,
qui font fans chapeau , fans
fouliés, fans chauffes ; & qui
n'ont pour tout habit qu'une
façon de camifole , qui à peine
va jufqu'aux genoux , & par-
deffus cela une large mante
avec laquelle ils s'envelopent,
comme des Egyptiennes.

Tout de bon , Monfieur,
c'eft une chofe affez plaifante
de voir en cét équipage deux
François de la qualité d'Arifte
& d'Eugene : Car enfin ce font
des gens qui ont de l'efprit , de
la politeffe , de la connoiffance du monde, & un êtabliffe-
ment confiderable. Mais on ne
reconnoît rien de tout cela
fous l'habit que l'Auteur leur
donne,ny dans les circonftances
du temps & du lieu où il les
met; de forte que s'il a voulu

faire une Mafcarade, il ne pouvoit jamais mieux reüffir. Affeurément il a du genie pour
ces fortes d'inventions , & ce
n'eft pas fans fujet qu'il en parle tant de fois dans fon livre, &
qu'il dit que les *Etrangers & les*
mafques divertiffent.

Mais apres tout on ne laiffe
pas de demander à quel deffein
il a déguisés de la forte fes deux
hommes ? Car il femble à beaucoup de perfonnes fort raifonnables , qu'il euft été mieux de
les habiller à la mode de Frāce,
puifque non feulement ils font
François & qu'ils demeurent
d'ordinaire à Paris , mais encore parce qu'ils traitent principalement de la langue Françoife ; & que d'ailleurs rien ne les
obligeoit à fe déguifer dans la
Flandre où ils êtoient alors , &.

pag. 38.
de la 1.
edition
page 45.
de la 2

où *les Dames*, comme dit l'Auteur, *font fort curieufes de nos Modes*. Pourquoy donc cacher l'honneur d'être fujets du plus grand Prince du monde, fous un habit fi êtrange & fi hors d'ufage?

On répond à cela en bien des façons ; les uns s'imaginent que c'eft pour paroître plus fçavant & plus Philofophe fous un ancien vêtement , & que c'eft à peu pres comme s'habilloient autrefois *Diogene & Menippe*.

D'autres difent que fi l'on eût peint Arifte & Eugene en Cavaliers François tels qu'ils paroiffent dans leurs difcours , cét habit n'eût pas été convenable à la perfonne qu'ils reprefentent ; & que d'ailleurs s'ils euffent été vêtus comme la perfonne même, cét autre habit

n'eût pas été convenable aux
discours qu'ils tiennent. De sorte que pour ne pas tomber dans
des inconveniens qui étoient à
craindre, l'Auteur s'eſt imaginé
un certain habillement, lequel
n'étant ny seculier, ny regulier,
eſt également éloigné de tous
ceux qu'on porte en France,
dans toutes ſortes de conditions

Mais cependant, cela ne
contente pas bien des gens,
qui diſent que de quelque façon que l'Auteur habillât ſes
deux perſonnages, il devoit au
moins leur donner quelque ſorte de choiffure, & de chauſſure;
& ne pas les faire aller nuds
tête au Soleil, & nuds pieds ſur
des ſables, des cailloux, & des
coquilles.

D'ailleurs, diſent-ils, il n'y
avoit rien de plus aiſé que

de ne point faire de Figure, &
nulle raifon, ne l'y obligeoit.
Pourquoy donc, puifqu'il en
vouloit faire une pour fon pur
plaifir, ne prenoit-il pas foin
qu'elle fût conforme à la verité, ou du moins, à la vray-
femblance ? Et pourquoy fal-
loit-il qu'Arifte, & Eugene,
dans cette Figure, fuffent tout
contraires à ce qu'ils font dans
le livre ? Car enfin dans le
livre, ce font deux perfonnes,
dont tous les difcours marquent une bonne éducation,
& une condition fort honnête; Au lieu que dans la Figure
ce font.... En verité Monfieur,
on ne fçait point ce que c'eft;
car on les prend tantôt pour
des Egyptiens, tantôt pour
des Pefcheurs, tantôt pour
des Pelerins; & il femble

qu'on ne les ait mis ainſi ſur
le bord de la mer , que pour
donner la Comedie à toute la
Terre. J'en ay oüy faire cent
plaiſantes railleries ; mais je
croy qu'au lieu de tâcher à
m'en ſouvenir , je feray mieux
de ne les point dire quand même je m'en ſouviendrois ; auſſi-
bien y-a-t'il trop long-temps
que je vous parle des entretiens
d'Ariſte & d'Eugene, & que je
vous empéche de penſer à de
meilleures choſes. Adieu, je
ſuis, &c.

FIN.

Texte détérioré — reliure défectueuse

NF Z 43-120-11

Contraste insuffisant

NF Z 43-120-14